U0092882

禮物

——謝馨詩集

謝馨 著

菲律賓・華文風 叢書05（新詩）

楊宗翰 主編

【主編序】

在台灣閱讀菲華，讓菲華看見台灣

——出版《菲律賓・華文風》書系的歷史意義

楊宗翰

很難想像都到了二十一世紀，台灣還是有許多人對東南亞幾近無知，更缺乏接近與理解的能力。對台灣來說，「東南亞」三個字究竟意味著什麼？大抵不脫蕉風椰雨、廉價勞力、開朗熱情等等；但在這些刻板印象與（略帶貶意的）異國情調之外，台灣人還看得到什麼？說來慚愧，東南亞在台灣，還真的彷彿是一座座「看不見的城市」：多數台灣人都看得見遙遠的美國與歐洲；對東南亞鄰國的認識或知識卻極其貧乏。他們同樣對天母的白皮膚藍眼睛洋人充滿欽羨，卻說什麼都不願意跟星期天聖多福教堂的東南亞朋友打招呼。

台灣對東南亞的陌生與無視，不僅止於日常生活，連文化交流部分亦然。二〇〇九年臺北國際書展大張旗鼓設了「泰國館」，以泰國做為本屆書展的主體。這下總算是「看見泰國」了吧？可

惜，展場的實際情況卻諷刺地凸顯出臺灣對泰國的所知有限與缺乏好奇。迄今為止，台灣完全沒有培養過專業的泰文翻譯人才。而國際書展中唯一出版的泰文小說，用的還是中國大陸的翻譯。試問：沒有本土的翻譯人才，要如何文化交流？又能夠交流什麼？沒有真正的交流，台灣人又如何理解或親近東南亞文化？無須諱言，台灣對東南亞的認識這十幾年來都沒有太大進步。台灣對東南亞的理解，層次依然停留在外勞仲介與觀光旅遊──這就是多數台灣人所認識的「東南亞」。

東南亞其實就在你我身邊，但沒人願意正視其存在。台灣人到國外旅遊，遇見裝滿中文招牌的唐人街便倍感親切；但每逢假日，有誰願意去臺北市中山北路靠圓山的「小菲律賓」或同路段靠臺北車站一帶？一旦得面對身邊的東南亞，台灣人通常會選擇「拒絕看見」。拒絕看見他人的存在，也許暫時保衛了自己的純粹性，不過也同時拒絕了體驗異文化的契機。說到底，「拒絕看見」不過是過時的國族主義幽靈（就像曾經喊得震天價響，實則醜陋異常的「大福佬（沙文！）主義」），只會阻礙新世紀台灣人攬鏡面對真實的自己。過往人們常囿於身分上的本質主義，忽略了各民族文化在歷史上多所交融之事實。如果我們一味強調獨特、純粹、傳統與認同，必然會越來越種族主義化，那又如何反對別人採用種族主義的方式來對付我們？與其矇眼「拒絕看見」，不如敞開心胸思考：跟台灣同樣擁有移民和後殖民經驗的東南亞諸國，難道不能讓我們學習到什麼嗎？台灣人刻板印象中的東南亞，究竟跟真實的東南亞距離多遠？而真實的東南亞，又跟同屬南島語系的台灣距離多近？

台灣出版界在二〇〇八年印行顧玉玲《我們》與藍佩嘉《跨國灰姑娘》，為本地讀者重新認識東南亞，跨出了遲來卻十分重要的一步。這兩本以在台外籍勞工生命情境為主題的著作，一本是感性的報導文學，一本是理性的社會學分析，正好互相補足、對比參照。但東南亞當然不是只有輸出勞工，還有在地作家；東南亞各國除了有泰人菲人馬來人，也包含了老僑新僑甚至早已混血數代的華人。《菲律賓・華文風》這個書系，就是他們為自己過往的哀樂與榮辱，所留下的寶貴記錄。

東南亞何其之大，為何只挑菲律賓？理由很簡單，菲律賓是離台灣最近的國家，這二、三十年來台灣讀者卻對菲華文學最感陌生（諷刺的是：菲律賓華文作家在一九八〇年代以前，一度以台灣作為主要發表園地）。東南亞各國中，以馬來西亞的華文文學最受矚目。光是旅居台灣的作家，就有陳鵬翔、張貴興、李永平、陳大為、鍾怡雯、黃錦樹、張錦忠、林建國等健筆；馬來西亞本地作家更是代有才人、各領風騷，隊伍整齊，好不熱鬧。以今日馬華文學在台出版品的質與量，實在

---

1 台灣跟菲律賓之間最早的文藝因緣，當屬一九六〇年代學校暑假期間舉辦的「菲華青年文藝講習班」（後改為「菲華文教研習會」）。此後菲國文聯每年從台灣聘請作家來岷講學，包括余光中、覃子豪、紀弦、蓉子等人。一九七二年九月廿一日總統馬可士（Ferdinand Marcos）宣佈全國實施軍事戒嚴法（軍統）之後，所有的華文報社被迫關閉，所有文藝團體也停止活動。後來僥倖獲准運作的媒體亦不敢設立文藝副刊，菲華作家們被迫只能投稿台港等地的文學園地。軍統時期菲華雖無出版機構，但施穎洲編的《菲華小說選》與《菲華散文選》（台北：中華文藝，一九七七）、鄭鴻善編選的《菲華詩選全集》（台北：正中，一九七八）卻順利在台印行面世。八〇年代後期，台灣女詩人張香華亦曾主編菲律賓華文詩選及作品選《玫瑰與坦克》（台北：林白，一九八六）、《茉莉花串》（台北：遠流，一九八八）。

已不宜再說是「邊緣」（筆者便曾撰文提議，《台灣文學史》撰述者應將旅台馬華作家作品載入史冊）；但東南亞其他各國卻沒有這麼幸運，在台灣幾乎等同沒有聲音。沒有聲音，是因為找不到出版渠道，讀者自然無緣欣賞。近年來台灣的文學出版雖已見衰頹但依舊可觀，恐怕很難想像「原來出版發行這麼困難」、「原來華文書店這麼稀少」以及「原來作者真的比讀者還多」——以上所述，皆為東南亞各國華文圈之實況。或許這群作家的創作未臻圓熟、技藝尚待磨練，但請記得：一位用心的作家，應該能在跟讀者互動中取得進步。有高水準的讀者，更能激勵出高水準的作家。讓我們從《菲律賓・華文風》這個書系開始，在台灣閱讀菲華文學的過去與未來，也讓菲華作家看見台灣讀者的存在。

目次

第一輯 禮物

第二輯　多寶串

第三輯　絲棉被

第四輯　大紅袍

第五輯　美好的時光

第一輯

禮物

禮物——明・青花大瓷盤[1]

泰姬吾愛[2]
這一次我要相贈的禮物
妳是猜不到的——
　不是波斯地毯

1 明・青花大瓷盤—宣德年間（一四二六-一七三二），直徑十七吋，高三吋。現存美國布魯克林博物館（BROOKLYN MUSEUM）。由此件瓷盤可看出中國和伊斯蘭地區交往的諸多痕跡：（一）瓷盤底細小鑽孔和印度一些收藏品類似。（二）足底邊緣題字證實此件曾屬印度莫臥爾王朝統治者（THE MUGHAL RULER）沙迦汗（SHAN JAHAN 一五九九-一六六六）收藏。（三）背面的波斯印記指出瓷盤在十七世紀曾被波斯沙法維王朝（THE PERSIA S SAFAVID 一五〇一-一七三二）官員貢奉給寺廟。（以上資料取自ARTS OF ASIA 1996 VOL.26 NO.6）

2 泰姬——沙迦汗妻（MUMTAZ MAHAL），育有十四子女，最後因難產去世。沙迦汗為她築造了一座陵寢（TAJ MAHAL），是舉世公認最美麗的建築物之一。

不是泰國絲綢
不是土耳其玉
不是越南牙雕
而是一件明淨清雅
來自中國的
青　花　大　瓷　盤
純白的底色如你光潔細緻的肌膚
鮮翠的描繪用的是極品蘇麻離青[3]
三串葡萄垂掛在帶葉的藤蔓
捲曲的絨鬚如你鬢邊的秀髮
山茶、牽牛、石村、菡萏
野菊和其他十二朵花

3 蘇麻離青——中國由西域入口的青料名。

連枝帶葉圈成一個冠冕
只有妳才適合佩戴它
　　看！那碧藍、雪白的波濤浪花

泰姬吾愛
這就是這一次
我要獻給妳的禮物
一個來自中國的
青　花　大　瓷　盤
　　也許它是航海家鄭和船隊帶來的
　　也許它是商賈由絲綢之路運來的
　　也許它是僧侶為取經結緣攜來的
不論怎樣這件
青　　花　　大　　瓷　　盤

必然經過千山萬水、小心呵護
才能如此完美地來到這裡
讓我呈現給
我至愛的泰姬

泰姬吾愛
這件來自中國的
青　花　大　瓷　盤
和我們還有著血淵的關連呢
印度莫臥兒王朝第一代君主巴布爾
是中國元太祖成吉思汗的後裔
當然我們也就是他的後裔的後裔
的後裔……

泰姬吾愛
這就是這一次
我要相贈的禮物——
青花大瓷盤

◀青花大瓷盤▶

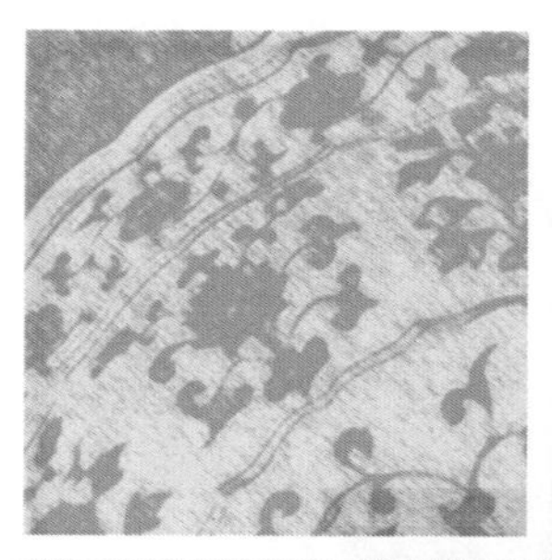

睡在荷葉下的小孩

就這樣
我躲在荷葉底下睡著了
多麼清涼舒暢啊
盛夏的烈日曬不到我
炎暑的驟雨淋不濕我
水波盪漾是母親
溫柔的手輕搖著搖籃
我緊握的一脈葉莖
給我臍帶般的安全感

有時青蛙跳到我身邊
陪伴我
偶爾蜻蜓飛來我面前
探視我
小小的魚群、蝌蚪
悄悄游過

就這樣
我躲在荷葉底下睡著了
一睡千年
不願醒來
疲困的人
對我無限歆羨
將頭靠在我荷葉之上
與我共享安寧
甜適的睡眠

天球瓶[1]

一千零一夜童話故事
外一章：
一條矯健的白龍
騰躍於碧波青浪
五千年文明古國
濃縮成一部瑰麗的
瓶中書

1 指明・青花白龍的球瓶，高四二點九，口徑九點五，足徑十六點三釐米，乃永樂朝專門定製的賞賜瓷。現藏伊朗托普卡普撒拉博物館。

當神秘的煙雲自瓶口
裊裊升起
合掌的巨人
將允諾你三個
最佳的願望

◀天球瓶▶

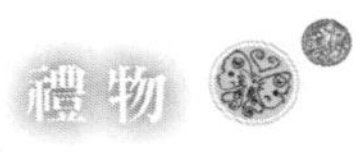

青瓷雙魚洗

即非黃道雙魚座
亦非八卦太極圖
清逸碧綠的龍泉
自有另一番境界

鯉魚飛躍
龍門的欣喜
鮭魚潛水
航道的超越

背對背
心連心

千秋歲月的
福慧雙修——
停格於藝術
永恆的浮雕

青花釉裏紅[1]

白底兒藍花兒的衫子
打扮得多麼雅致的搪瓷娃娃啊！
也許，也許太素淨了些，
那麼，就在襟邊
別朵牡丹吧！

---

1 青花釉裏紅——青花、釉裡紅兩色施於同一瓷器者。由於青料與銅紅料性質迴異，燒成溫度及對窯室氣氛的要求也有差別，因此兩者施於一器，而紅、藍色要恰到好處，並非易事。青花釉裡紅始於元代，明代早、中期乃有生產，而真正的成功之作要到雍正時期。

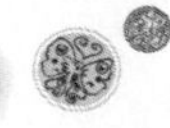

玉壺春[1]

超越季節之外
壺中歲月
時光永留春日
蕾蕾、朵朵、枝枝、葉葉
舒展——笑顏繽紛
　　　　芳香滿溢

1 玉壺春——瓶式之一。撇口、細頸、圓腹、圈足。

比美泥土的孕育
壺中天地
讓你成長、成熟
像子宮　溫潤而甜適
像井　　深邃而隱秘
輕……輕輕垂下你心的轆轤

◀玉壺春▶

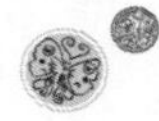

雪花藍[1]

借點海洋的顏彩
摘些天空的色澤
飄飛的雪片就由
白的結晶成為

藍的花朵

1 雪花藍——瓷器釉色名。又名青金藍。系明宣德、景德鎮創燒的藍釉品種。其方法是在燒成的白釉器上，以竹管蘸藍釉料，吹於器表，形成厚薄不均；深淺不同的斑片，再經燒成後，所餘的白釉彷彿飄落的雪花隱露於藍釉之中。青金藍製品極為少見，它是清康熙吹青品種的前身。

悠悠地綻放——
在心田
在夢土
在古瓷

秘色1——詩越窯

有人說是詩經子衿子佩的
青青　有人說
是楚辭靈均嚮往的芳草
光澤　有人說是
雨過天青的清新
雲朵綻處的空靈
有人說是千山疊翠，一汪湖水
有人說是薄煙未勻，如玉似水
有人說是花蕊的粉青

豌豆的豆青
梅子青的青
青蘋果的青
橄欖綠的青
荷葉的青
艾絨的青

有人說是最具古代感
天地元黃的青　有人說
是宮廷內始能一睹的青
有人說是法門寺地宮隱藏了
千年的青　有人說是晚唐
十國詩人們最喜歡歌詠的青
有人說是以心魂深處的感應
和思維才能真正看到、聽見

觸及、品嚐和欣賞的顏色

有人說……

1 秘色——越窯釉色名：相傳五代十國吳越王錢氏壟斷越窯產品，專為供奉之物，庶民不得使用，故稱秘色。但唐人對越窯已有秘色之稱。或秘色為稀見之色。

以詩歌汝[1]

同繫一介塵土，何以知悉
層次高低上下
應是怎樣的內涵外蘊
能於千百參與者中
脫穎而出
由初審、複選、決賽列入

---

1 汝窯，宋五大名窯之一——汝官定鈞，汝窯為首。汝窯窯址長期不明，一九八六年冬，經上海博物館調查，在河南省寶豐縣、清水寺村發現汝官窯標本及窯具。由於汝窯燒造的良質產品，被指定為御用窯，進而設置帝室直屬汝官窯。汝瓷以瑪瑙末為釉，釉面常有紅斑閃現。釉汁精純，晶瑩潤澤。汝瓷傳世不足百件，極其珍貴。

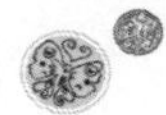

前五名又在最後
榮登榜首[2]

是否真歸功於瑪瑙末[3]養顏底秘方
雨過天青的膚色沁透著霞光
先天的美人胚子加上
帝室直屬皇家學院的塑造[4]
一派名媛貴冑高雅的典範

風起雲湧，物換星移
改朝換代，人事變遷

2 同註1。
3 同註1。
4 同註1。

美底極品依然是——
溫潤似汝
柔美似汝
雍容似汝
端莊似汝

淚痕[1]

冷凝的淒美
原是水的溫柔
與火的激情

縱然千年往事
無以探索人物細節
癡迷和執著

1 瓷器施釉時，由於釉漿稠厚，在浸蘸過程中，收釉時釉水下流而形成的聚釉現象，文獻記載常以淚痕為定窯瓷器的特徵。「格古要論」記載：「外部有淚痕者為真。」

卻依舊在紅塵反覆
又反覆地再現
像綻開又凋萎
又綻開的春日玫瑰

陶泥瓷場一如人間磁場
「有淚痕者始為真」
我哭過……

古瓷胎記——詩寫鈞窯[1]窯變

蚯蚓走泥紋[2]的穿梭
鳳凰行火浴的展翅
天旋地轉的窯變
一如隔世的幽幻

1 鈞窯——中國古陶瓷中常被認為是最具藝術氣息的，一是由於它造型秀麗純樸、釉彩寂靜柔和（被稱為月光色），尤其釉料中的氧化銅，窯變後產生各種紅紫斑痕，美麗而神秘。

2 蚯蚓走泥紋——鈞窯在高溫燒製時，素胎乾裂、釉彩流入纖細空隙，形成長短紋線，如蚯蚓游走，別具情趣。

何以解說紅紫青藍的斑印
三生銘記的往事豈是——
永不褪色廣告上的紅唇
刻骨錐心盟誓裏的刺青

當夕陽墜入暗夜之前
我甘於觸犯天譴的禁忌
頻頻回首化為陶泥
留住妳一撮容顏底霞彩

在落花飄飛凋零之際
我是痴迷瘋狂的墜樓人
遁入土中成為石尊
捕住妳一抹氣韻底璀璨

天目[1]

能否以此拙樸底小甌前來
托缽化緣——
　在乞討於施捨之際
　於茶道和禪宗之間
千年累世的因果悄悄浮現：

1 天目——日本對中國黑釉瓷的通稱。現已成為世界共同用語。相傳宋朝浙江天目山佛教寺廟林立，日本僧人多往留學，返國時，常常回天目寺廟所用之建窯黑釉茶盞作紀念。這種天目盞在日本成為時尚，且被稱之為天目釉。建窯黑釉由於坯土含氧化鐵高，製作時，釉質流竄，常會出現一些結晶體，像兔毫四散，鷓鴣或玳瑁等花斑窯變。

也許是紅塵滾滾石頭記中的老君眉[2]
也許是青蔥翠綠山邊水涯的碧螺春
也許是護駕高僧西域求經的白毛猴
也許是大慈大悲莊嚴神聖的鐵觀音

東瀛三島航向支那名山
驚濤駭浪豈止弱水三千
潛心修煉面壁靜坐
歸國的行囊裏只有寶物三件
藏經、念珠和幾個黝黝的瓷碗

含怡品茗一如拈花微笑

2 老君眉、碧螺春、白毛猴、鐵觀音皆茶葉名。

也是另一種方式的悟道
在小小的黑釉茶盞裏——
有野兔奔跑
　玳瑁行走
　　鷓鴣鳴叫

甜白[1]

甜酸苦辣的滋味豈僅舌蕾專屬之品嘗
白淨的無色之色原係七彩總和底凝聚
終於你五官同時醒覺感知那美之存在
自一尊永樂王朝精製的甜白撇口水壺

1 甜白——明永樂朝景德鎮官窯所創製的半脫胎白瓷，胎薄，釉瑩，有甜淨之意，故稱甜白。宣德、成化、弘治、正德及嘉靖、萬歷時均曾燒制相類的白瓷，但非永樂甜白可比。清康熙、雍正及乾隆時亦有仿燒。（簡明陶瓷詞典，二〇二頁。）

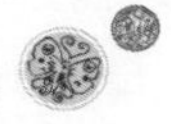

轉心瓶[1]

隔著鏤花窗櫺窺視
你心中的動向
走馬燈般底歲月
旋轉著無盡真實
又虛幻的景象——
天干　地支

1 轉心瓶——亦稱「旋轉瓶」、「奪環瓶」。清代宮廷流行的瓶式之一。器昭造成雙重，外層鏤刻，可見到內側；內層能迴轉。這是相當有技巧的作品。

鼠牛
虎兔奔竄
時空交替——
哈雷　七殺
紫微　文昌閃亮

攸然停格的
是那一個歷史的轉折
不是離宮不是禁苑
亦非三日三夜
火焚的圓明園
悄悄映現的是魂牽

夢縈的古月軒[2]——
粉紅黛綠比美玉環
更勝飛燕
抹金描銀軟色硬彩
還有七寶琺瑯的景泰藍

2 古月軒——經常指清乾隆時燒造的極上品粉彩磁。一般有三說：一謂乾隆內府軒名；一謂姓胡（古、月）人所精繪的料器；一謂清宮軒名，歷代瓷器精品均藏於此。

香薰[1]

生命延綿展示的諸般形態裡
這是多麼飄逸雅緻底舞姿啊
在花季之後
萬紫千紅化為縷縷
萬霧輕煙……

1 香薰——即薰爐，作薰香之用（花卉或香木）。瓷薰爐始於東吳，六朝時較流行，以適應當時貴族子弟「無不薰衣、敷粉施朱」的講究生活。由古詩詞中亦可得知香薰為生活中增加情趣的器物。宋代設計的造尤為新穎生動，香氣可從鴨口、獅口、龍口等噴出。

而你終能靜靜聽聞
繽紛落英敞開
　　　　　瓣瓣心扉
細訴往事
前塵……

且已學會
不再為回憶底甜美與苦澀
憂傷　在如此安寧
芬芳的氤氳中
感知一切依然存在
　　　　　永遠存在……
靈魂深處的綣戀

喜悅和祝福
也都正在進行著……

◀香薰▶

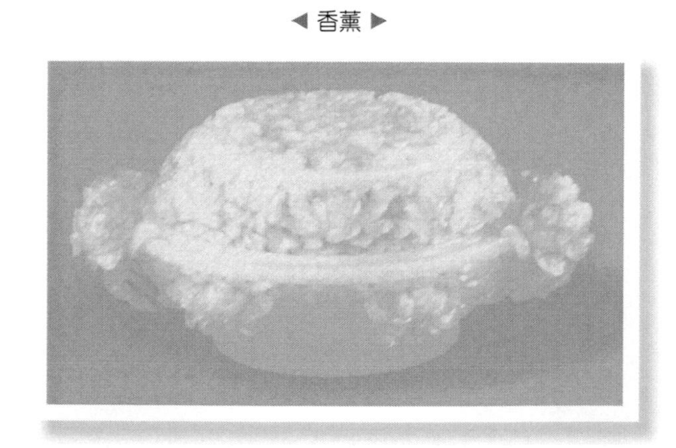

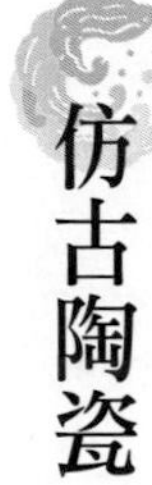

仿古陶瓷

如同那捧著我
回家的婦人
我們都不喜歡
被問及年齡
她怕人說她年老
我怕人說我年輕

老——是我寤寐的企求

比彭祖老
老成一個神話
比仙桃老
內心更甜適
雙頰更紅潤

老得皮膚像古瓷繪影
繪聲的美麗紋飾——
它們是天上的雲路　大地的流水
植物的葉脈花瓣　動物的骨骼形態
每一條是經驗底舞姿
每一條是靈魂底圖騰

老得像博物館

玻璃櫃陳列的文物
安詳地坐在絲絨墊上
接見來自各方的人們
向我尋索歷史的見證
生命的智慧和奧秘

老——是我心底的嚮往
老得我終於
終於知道
什麼才是——真

古瓷

原是火與土共同塑造的
靈魂
　以龍鳳之姿
　以古典之影
　以不凋之花
展現於清純
浮印於渾圓
如此冷靜
如此以不變應萬變

請以溫柔待我
撫我　以潔淨之手
顧我　以喜悅之目
戀我　以虔敬之心
經不起打擊
我會為你碎成片片
且你終將
難以彌補悔恨的裂痕
甚至　你哭泣一個春天
甚至　你把乾隆皇帝請來
多少朝代的帝號昇起又沒落

多少世紀的煙雲聚集又消散
而我也只能這般
有所不為地
等候
和
期盼

◀ 古瓷 ▶

禮物

第二輯

多寶串

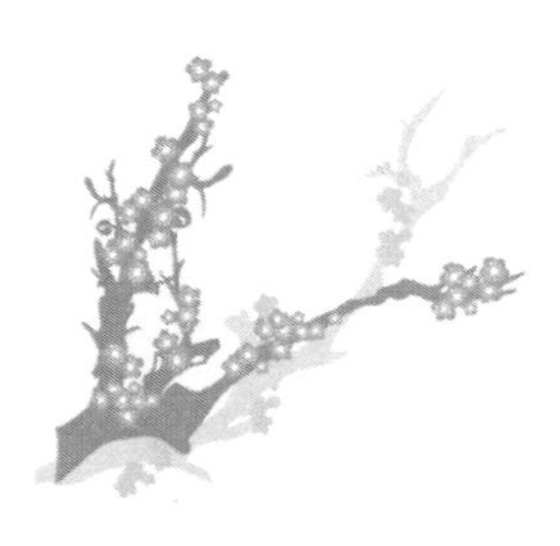

多寶串

試著串連起我們
生生世世的情緣
斷斷……續續……似了
未完……
「凡存在的即永不消失
　，而是以另一種姿態
　、面貌、方式，再次
　出現。」也許
可以由你為我

精心磨琢的那顆
玉管珠開始——五千、七千
或是萬年之前，依稀
我仍能感知如何你
以粗葛搓成細繩，輕輕
將它繫在我頸上
懸在我胸前……幌幌……盪盪……
風起雲湧……滄海桑田……
曾幾何時，有了朝代
有了歷史，有了文字的
記載：
「知子之來之，雜佩以贈之。
知子之順之，雜佩以問之。
知子之好之，雜佩以報之。」

我們日常生活中的你歌
　　　　　　我頌
便被寫進了永世的經典
小小的掛件
不足輕重的把玩
一如平凡夫妻的朝朝暮暮
那些肌膚摩挲的玉珮
裙裾叮噹的飾件——珩、璜
琚、牙、環……豈能成為
誓海山盟的表徵
刻骨銘心的信物
但在灰飛煙滅之際
繾綣的靈魂依然
謹守那鑄情。在離散

背叛之後
執著的意念仍舊
固守那諾言
在殘垣廢墟中搜索
傳說與故事，尋覓
正確的時間和地點
驗證素質的真偽
　形制的演變……串連起
那似了……未完……
生生……世世……的情緣……

雲紋璧

「無壯之狀
無物之象」
恍兮惚兮
竟然捕住那
舞姿——婀娜
輕盈
若有若無
若來若去
無邊無際

無始無終
看似不經意的
偶然

夢境的迷離
飄忽的虛幻
茫兮渺兮
依然感知那
韻律——大音
天籟

亦紛雜
亦狂亂
或舒緩
或悠揚

彷如出岫之
無心

穀紋璧

圓圓凸凸　顆顆粒粒
排列得多麼齊整
小小芽尖悄悄自邊緣
伸出　像小小的蝌蚪
充滿對生命的好奇
與喜悅　縱然

在戰亂的年代
紛紛爭爭擾擾攘攘

於國與國之間
世界仍是一如過去
一如將來
美好而完善一如
溫潤光澤的玉璧

五穀豐收
四野蛙鳴
風調雨順演奏著
自然和諧的
農家樂
千年萬年……

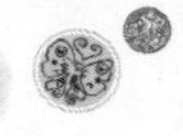

史前玉琮[1]

遂古之初、誰傳道之？
上下未形、何由考之？
——屈原・天問

什麼都還沒有發生
五千年前，七千年前……文明底
初始，也許是一彎流水

1 古祭祀用的玉器。《周禮・大宗伯》：「以蒼璧禮天，以黃琮禮地。」

文化底源起，也許是
一叢篝火，也許
也許是一塊石頭——像我手中握著的
——瑩潤兒蠱惑
迫使我，必須使它
成為什麼

是怎樣出現的？那第一個圓
第一個方、第一個直角
圖案及其他……在毫無
傳承、依循的鴻濛。我不能
不能給你答案。我只能使它成為
什麼——一個問號
一個因。一個

發生。在什麼都還沒有
發生的時候，竟然發生。

創造的喜悅令我
幾乎相信自己是
神。

玉具劍[1]

當寶劍出鞘
你是先聽聞雷聲
亦或先見到閃電
風起雲湧之際
時空劃下的是——
那一位豪傑的
名字

1 玉具劍——有玉鑲飾於劍鞘上，如璏、琫、珌、玉劍首等。「玉具劍」，在戰國與漢時期，非常珍貴，是皇家及王公貴族收藏的至寶、也是天子賜給藩王或功臣的重禮，漢書匈奴傳載：「單于朝，天子賜以玉具劍。」

劍膽照琴心
曾是怎樣的激情與溫柔
慧劍斬情絲
又是怎樣的悲戚和無奈

而在英雄時勢互為因果
演變的數千年後
你是否仍能感知
戰國雄風
大漢威震
的光耀與鋒芒——
自一柄古老的玉具劍

玉斧

伐柯如何？匪斧不克
——詩經

非殺戮與戰爭的
冷血靜物
當一株參天巨木
轟然倒下
一座宏偉的宮殿
巍然樹起

設若刀光劍影
刻劃出
歷史的風雲變化
斧斤之姿
舞出的
卻是神話
第一章的
開天闢地

玉觿[1]

以玉的溫潤與綿密
解開心底環結
以月彎之姿
上弦或下弦
龍騰　鳳儀　虎躍
雲飄揚……輕輕巧巧
挑開……撥鬆……

1 狀新月形，其形制首端粗大，末端尖細，可作解結之具。「玉」上以龍、鳳、螭、虎為常見裝飾題材。

生生世世的綑繫
恩恩怨怨的糾纏
尋到那端倪　自盤根錯節
找到那源頭　讓長河般的
線索伸長自如——
時光的長河
生命的長河
無拘無束

玉紙鎮

如是乃
理想中真正底淑女
典範——舉手
投足中規中矩，髮飾光潔
齊整，髮邊亦無一絲紊亂
衣著保守，修短
合度，裙裾折疊有序。
心正
意正，眉梢眼角

毫無輕佻之處。對外界風吹
草動亦能處之泰然。寡言
沉默，恪守婦道。而其高雅的
儀表，端莊的
坐臥之姿，令人一望而知
系來自家學淵源的書香門第；內涵
外蘊，一脈詩禮相傳。如是乃我
寤寐以求之淑女
形象。縱令堅若磐石，穩若
泰山，亦難不為之
心蕩神馳，而天下騷人
墨客思之
愛之者，更無以計數
千古風流

為伊
俯案顛狂

玉韘[1]

狩獵季已隨皇朝的沒落隱匿
茹毛飲血係更早的部落蠻荒
草船借箭乃歷史的戰略機智
生態意識才是最文明的醒覺
操弓引箭——
　非為殺戮

1 韘本射箭時著於右巨指，所以鉤弦之具。

非為仇恨
　非為爭戰
如此瑩潤的玉班指
原應套在愛神的手指
當絃放矢出
響徹空際的
是琴瑟的和鳴

合巹玉杯

——Fill each other's cup
but drink not from one cup.
On marriage. Kahil Gibran

縱然杯沿紅唇印證比翼
杯中綠酒滋潤連理
縱然姻緣簿上註冊：
佳偶天成五世三生
古老詩經書寫

淑女君子鐘鼓琴瑟
縱然慾已凝結為玉
吾愛吾愛——
我必須有我
你必須有你

白玉笄[1]

三千煩惱隨即
柔順乖巧地
被塑成——
嫺靜典雅的
髮髻

一支白玉簪
在烏黑的髮叢中
閃亮——

像穿越雲層的陽光
像舞入化境的芭蕾舞孃

1 笄，用來盤髮的簪。古時女子十五歲才梳頭，插簪子；稱「及笄之年」。

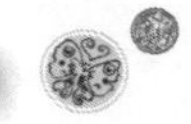

緬甸玉鐲

如此稀世珍寶竟然與我有緣
靦覥地我將它套上我的手腕
當巍巍一座山前去就穆罕默德
我感佩地匍匐在玉石精靈之前

透明的玻璃胎孕育著日月的精華
結晶的水玉體蘊涵了山川的氣息
諸般成長的顏彩——橄欖、草葉
蘋果深深淺淺生命的色澤甚至

一些近乎黝黑的斑紋
不是瑕疵　　是美人痣
參差的玉根引向何處
慾念繁雜的紅塵或是
阿彌陀經的琉璃世界
貼近我肌膚緊靠我血脈的
是亦美亦真
無始無終的圓

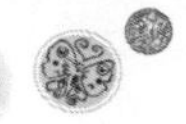

盤玉[1]

慾念昇起、借屍
還魂的唅蟬[2]重見
天日、越過無數朝代風雲
山嶽水流
陰陽迴轉
再次前來投身於我

1 盤玉——對玉的把玩。《古玉辨》說：「出土舊玉，要想恢復原狀，非通過盤出之功。」

2 唅蟬——出土的蟬形玉片。古人認為蟬是神靈，因鳴蟬雖然生命只有幾個星期，但它的幼蟲階段卻是達兩年至十三年不等，一由卵中孵出便鑽入泥土，多年後再爬出地面，蛻化再生，飛上枝頭。因此，古人相信若以玉蟬置於死者口中陪葬，亦能使其超越死亡，恢復生命。

牡丹花下，何止
一個痴字可概括
縱然八方來去，仍係
三度肉身，雖知
五蘊五色
實乃無蘊無色
靈肉繾綣
紅樓韻事、豈僅
兩個名字的專屬[3]

3 指賈寶玉、林黛玉。

司南珮[1]

也是那樣樸實的形制
——一把小勺
黯夜的天空
希臘神話的七星座

1 司南珮：司南珮源自司南，即指南，利用磁石之指極性，古人用以正方向，定北之儀器。司南珮，器似方勒，長約寸許，上端琢成一小勺，下端一圓形小盤。司南之器，本為占卜之用，漢時卜筮之風盛，逐仿司南之形，製為小珮，隨身攜帶。

恒河沙數的磁場
紅塵萬丈的地盤
也是那樣簡單的擺式
僅需一瓢飲——引你
渡你——

勺柄朝南

剛卯[1]

桃核般靈巧的玉體
刻骨銘心地雕上
幾個減筆、假借
或諧音的殳書[2]文字
讓你隨身攜帶

1 剛卯，乃一種長不及寸許，方柱狀之小玉。源於桃符。詩經載。「伯也執殳、為玉前驅。」殳即桃殳、係以桃木製作的木棒兵器。漢代以玉為之。而成隨身佩帶去邪之物。

2 殳——殳書，秦時的一種書法體式。

驅邪避惡
迎福吉祥

飛天

蝶翼翩翩
鳥翅翱翔
牛頓的蘋果倏忽
騰空而去
在神話與科技之間
交織著——
多少難解的密碼
及繁雜的方程式
答案不在海上仙山

結論亦非月中寶殿
而是一尊大唐鏤雕
青玉飛天——
輕盈的乘風之姿
飄揚的裙裾彩帶
白雲朵朵綻放
蒼穹徐徐展現

如意

當所有的慾
凝成一塊玉
我底意願是
成為一尾魚
在時空的海洋裡
自由自在的遊戲
抑或是一場雨
滋潤著……
滋潤著萬物眾生

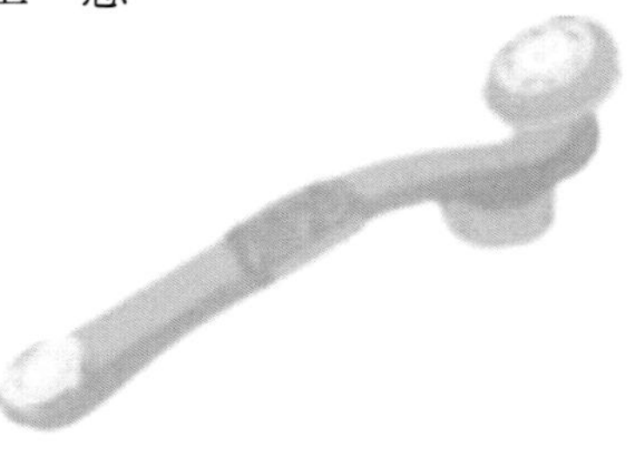

第三輯

絲棉被

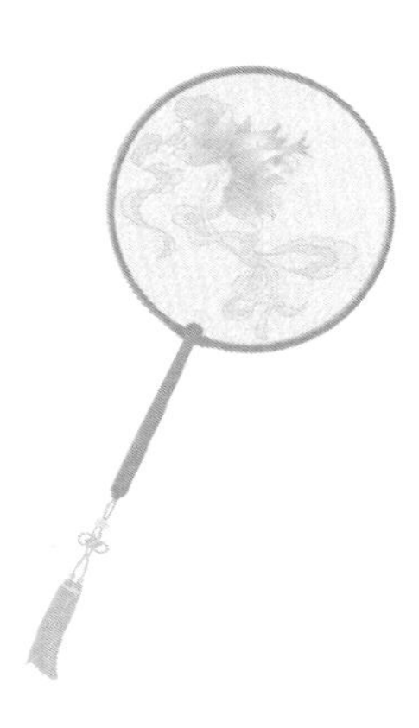

絲棉被

當然我無意
重覆抽絲
剝繭的過程：由蛹
至蝶，遠溯至
老莊底夢境

我只延著絲路，尋覓
溫柔鄉
的位置：彩繡的

地圖，在被面
勾勒出東方
旖旎的經緯。織錦的
羅盤，由纖細的花針
指向古典
琴瑟的一絲一弦

點燃一隻紅燭。低吟
　一首藍田
種玉的晦澀詩篇
啊！溫柔鄉
雲深，霧重
虛無飄渺如芙蓉帳
閉上眼，依稀聽見

春水暖暖
自枕畔流過……

中國結

催眠之後，依然難以訴諸語言
和文字。啊！中國
你是我潛意識最最深陷的戀母
戀父情結。回到螺祖第一隻
春蠶的襁褓時期，或能闡釋
我內心曲折、繁複的糾纏
和掙扎。在血
濃于水的心電圖表上——紅線
牽的、綠雲編的、金線織的

銀絲盤的……迂迴
如山、蜿蜒似水全是
我對你
綿延縈繞不斷
理還亂的繾綣思念。啊！
中國，我用古老
結繩的方式向你傾訴
你能以先民的直覺尋出
我成長的脈絡和錯誤的
癥結嗎？作繭
自縛的矛盾，莫非是歷史
變遷的後遺症，網罟之因
莫非是
朝代風雲的陰影。但我底憂慮

畢竟是多餘的：萬象
紛雜的思緒中，我已摸索出壹
以貫之的方向和途徑——纖柔的
步履，執著地
仿傚你華夏底韻緻。且在每一個
轉身的姿態，每一個
低徊的流盼裏，中國啊！
中國，我癡迷地模擬
你
漢唐的風華

飾珠

一九八九年一月十二日於AYALA MUSEUM
聆BEADS專家PETER FRANCIS演講後寫

珠圓、珠方、珠扁、珠長
珠菱形、珠多邊、珠各式
各樣……一顆顆
一粒粒、一串串比絲路
遠，比繩結記事早
比青花瓷、陶俑

鐘鼎還要古老。
人類的雙手、巧思、技藝
苦力磨、琢、切、煉成的
珠……珠珠……諸般顏彩
璀璨晶瑩：瑪瑙珠
珊瑚珠、青金石珠、碧琉璃珠
土耳其玉珠、水晶夜明珠
紅、黃、藍、紫玻璃的珠
用石、用木、用貝、用骨製成的
珠……珠……珠珠……成千
上萬的珠、數也數不完的
珠，總是把
心
都挖給你的珠珠啊！

珠珠……是一顆顆
一粒粒等你來穿引
牽繫和串連的
多情種子
在中國、在波斯、在印度
在南非洲和北美洲
在阿拉斯加和敘利亞
在尼泊爾……露珠
那樣清新、眼珠
那樣靈活、珍珠
那樣靜嫻、淚珠那樣嬌媚的珠珠啊
珠珠……一顆顆、一粒粒
一串串……
掛在少女的頸子上

躲在小弟弟的口袋裡
鑲在帝后的冠冕上
握在外婆的手中……珠珠珠珠……
珠裡有夢
珠裡有美
珠裡有愛
珠裡有虔敬的
祈禱與祝福

南洋珠

一切已臻於境界的完美
當母貝敞開
扇形的門扉
你以波提且利「維納斯誕生」
底姿態倏然出現

原係恒河邊的一顆沙礫
潮起潮落日夜沖激

你已緩緩滌盡
粗糙和污漬

本是宇宙間的一介微塵
冬去春來歲月循環
我也慢慢學會至柔的
謙和與寧靜

於是我們的相遇就成為
必然的因果律
相同的波長
相似的頻率
你來自碧海濤濤
我來自紅塵滾滾

貝殼花

曾經滄海
落入桑田的範疇後
無須一滴水
已足以和植物們、花卉們爭奇鬥豔
瓣瓣是青春的洶湧
葉葉是生命的澎湃

來移植你的足印早已被移植
曾沖激你的浪花綻開復凋萎

深藏於海底的珊瑚叢
也站在櫥窗內高價待估
那顆光潔的珍珠
更不知流落在人間何處？

貝螺之歌

以波的舞姿
浪的韻律
為基調
貝螺的造型藝術
乃大海最精巧的作品

看!那些圓錐式
螺旋體的展示
看!那些線條、顏彩

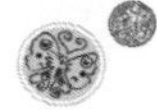

和光影的呈現
一如波濤洶湧
　旋渦迴動
　漣漪盪漾
一圈又一圈
一層又一層
一轉又一轉

　水底雕塑
更留住了音響效果
當你附耳即可聽聞
　遠洋的氣息
宇宙的呼吸

冰雕的塑像

且全神貫注於
剎那
當所有的雕像
皆嚮往著永恆
莫以赤心暖我
冰肌玉骨
莫以熱淚沾我
雪膚花貌

只凝眸
較玉琢更璀璨
　比石雕猶光潤
　　勝鋼塑之冷峻的
美

再凝思於
零度下癡迷的愛情——
為誰　消瘦
為誰　融化成
　　　　　一
　　　　　片
　　　　　水

冰柱流蘇

參差的冰柱自屋簷垂下
形成一排大自然晶瑩的流蘇
較絲纖底窗帷更為光潤呢
那琉璃的閃耀又有蕾絲的花綃

水簾的仙境原係清泉的飄逸
但動感已被冬之藝術家停格
非鐘乳石般時間之凝駐
而是軟雕塑空間的凍結

鈕扣

能否尋出修身
齊家的關鍵
自我的瞳孔，感知
冬暖夏涼的
秘訣。至於
經國大事以及天下承亡
接續，與乎一顆
小小鈕扣的
關係，也是有跡可循的：

那樣輕微的剎那的手指
尖端的撫觸，那樣
童稚的好奇的充滿遊戲
性質的按動竟然是一個
開始一個爆炸一個發現一個誕生
一個毀滅——
核子戰爭的後果

而緊緊纏繞如胸際
盤花扣般的
卻是羅裳
輕解的挑逗，門戶半開
半閉的神秘
輕薄的絲絹如浮滑的少年

一瀉千里勢如
破竹無可遏止的
情慾
於是我們必需遵循禮教
與道德的規範，把持
乾坤運轉的
樞鈕，看
紅線女促成
一雙雙
一對對
搭配齊整門當
　　戶對的
好姻緣——他們的
眼中，只有一個對方

只有一個依附
在他們心中

禮物

第四輯

大紅袍

鐘乳石——蘆笛岩遊感（桂林紀詩）

其實，我們的年歲是相彷彿的
學習、體驗
成長的過程　也頗為類似
不同的　也許只是
性格吧了——你內向
　　　　　　我外向

你喜靜
我好動
然而　內與外

又有什麼區別呢
外在有的　內在一定也有
靜與動
又有什麼迴異呢
「鳳尾竹動　還是　心動」[1]
我見到的應該比你
多得多了——像閃亮的
星空、飄浮的
雲朵
像紅花、綠葉還有走獸
飛鳥……「在這個世上
凡見得到都是虛幻

1 佛家禪語

見不到的才是真實」[2]
那麼，如果我見到的
都是假象
你沒有見到（或者我以為
你沒有見到的）就都是
真實的了吧
其實，我們很早
很早就認識了——各式
各樣的我和你
不同的時間——過去、現在
和將來的
我和你

2 愛因斯坦論

「時間其實根本就不存在」[3]
那麼，你
　和
　　我
這一次的相逢應該就是
就是所謂的——
永恆了吧。對不對

3 同註2。

詩與畫——桂林紀詩

沿著嶺南派的步履
曾一次又一次地
　　渲染過
你獨特的風景
順著七言詩的韻律
亦反覆又反覆
　　吟詠過
你甲天下的山水

啊！桂林
此時此地
畫情　詩意
那樣真實的展現於眼前

廈大印象

「囊螢」與「映雪」
讀書人底執著
原非始於一九二一
五幢校舍的興建

八十年後的廈大
已是大廈林立
林立的還有校園數不清的榕樹
樟樹、樺樹、棕櫚、椰子

玉蘭、三角梅、相思及合歡
樹人如樹木當然也包括
滿天下的春風桃李……

上弦場全國大學足球賽甫結束
克立樓東南亞華文文學研討會又揭幕
戴爾公司總裁二月曾在
最老的「建南大禮堂」演講網路文明
專家學者七月將於
最新的「亦玄樓」研討微納科技

芙蓉湖畔欣遇一位外語系女生
聽她談學業、生活和理想：
閒暇時最喜歡爬山

五老峰就環繞在校舍旁邊
向長者學習堅毅、智慧與豪邁
也常往陽光海岸金沙灘走走
看遼闊無際的汪洋
想許多我將會去到的地方

廈門街頭啖枇杷

不會把妳的名字寫錯
如果我在廈門街頭
彈琵琶
妳是——
妳是那弦外之音
非潯陽江頭
天涯淪落的淒涼
非塞外異域
風沙滾滾的寂寞

至於海外遊子
花果飄零的心境
對妳來說更是
另一種浪漫與憧憬
暮春初夏最怡人的季節
二〇〇二年久別
乍逢於廈門街頭
迫不急待重溫
甜甜滋味的初吻

納米（NANO）——參觀廈門大學納米科技「亦玄館」有感而作

有　不會成為　無
存在的不會不存在
不論它多小
小得肉眼看不到
小得要用十億分之一米的
納米來計算
你頭上的一根髮
就包含了八萬個納米

產生父母子女血源
相親的基因決定
所有祖先性格的特徵
包括人類、動物和植物
全世界的基因可以裝進
　一個頂針箍

相機般運作的眼睛
它的視網膜是由
　三千萬支柱
　三百萬圓錐
連接到腦部
九層的視網膜加在一起
比一張紙還要薄

只是詩中的象徵意念？
　一沙一世界
　一花一宇宙
只是宗教的虛擬比喻？
　一片麵包餵養千百個眾生
　一根頭髮懸住一座須彌山

萬噸遊輪可以用
拳般馬達來推動
整部人類進化史能夠
收入直徑三公分的磁碟

　　　　　　無限小
與

無限大

同樣的存在
同樣的真實
同樣的玄妙

深圳印象

並不是一個
虛偽的城市
縱然　羅湖[1]氾濫
盡是仿製的冒牌貨

深南路既寬且廣
又長——毫無歪曲地

1 「羅湖」乃深圳龐大的購物中心，多世界名牌的仿製品。據聞政府已於今年年底開始整頓取締。

展現出一派正直
與坦率
五彩繽紛的花圃
看得出精心規劃的
美感與虔誠

一指禪的巨型廣告
在風中
顯示e世代的定力
文化村的喇嘛寺
轉經筒配合著
喃喃的六字真言

長安古都千年歷史
羅馬帝國非成一日

由水田的小漁村
到水泥的大森林
十年百年樹樹樹人
只有二十年
樹立了一座城

並不是一個
虛偽的城市
縱然「世界之窗」[2]陳列的
只是袖珍的模型
「錦繡中華」[3]展覽的
只是實景的縮影

2「世界之窗」係深圳以世界各名勝古蹟仿製而成的模型遊覽區。
3「錦繡中華」則是深圳民俗文化村特設各少數民族的微縮景觀區。

汕頭詩記

南海岸線是慈母的
手中線　迤邐蜿蜒
圍護着港埠的外線
北回歸線是愛神的
箭　不偏不倚
穿越城市的心坎
難怪遠渡
重洋的兒孫總是想回來

要回來
會回來

回來　開一條寬闊馬路
回來　造一座鋼鐵大橋
回來　辦一所最高學府
回來　建一家普濟學院
回來　吃道地的潮州米粉
嚐家鄉的潮州粽子
用杵臼搗出紮實且
香脆的牛肉丸當然
還有蛇肉羹
（鱷魚湯是喝不到
了，昌黎先生的一

紙祭文已將牠們逐
　出境外。）

滿山遍地的羊蹄角
踢不開鄉愁啊
大街小巷的扶桑花
也拂不去的綣戀

遊客們前來尋覓古蹟名勝——
帶你　去南澳沖浪
帶你　去澄海看鼎食古宅
帶你　去朝拜釋道寺院
在新區往舊城的
遊覽車上有人指着
窗外說：就在那裡

湖廣總督林則徐下令
把上噸的鴉片
傾倒在海裡

遊福州鼓山記詩

非為科學的求證
縱然沿途有人以器皿
接引清泉　看它是否
高出杯緣而不溢出
在水底比重較高的
鼓山　我們一面行走
一面談阿幾米德原理

亦非宗教之朝聖

縱然我們一路汗流
挾背登臨湧泉寺……
在大殿跪拜上香
七級寶塔前小立
蓮池欄杆旁靜坐
和廟前雄偉的石獅合照
……
我們來過
不為什麼

致冰心——參觀福州「冰心文學館」後寫

曾是妳「寄小讀者」的收信人
毛邊泛黃的線裝書
展開妳深深的母愛
與濃濃的鄉愁
優美的文字
如「繁星」點點
閃爍在我黯淡的童年
像「春水」潺潺
流動在我稚嫩的心田

妳的名字
設若是玉壺的水
醍醐灌頂，啟迪了萬千靈魂
如果是雪山之源
河流大川，灌溉了無數沃原
容許我以粗陋的十八行
作為一封遲遲的覆函
致上我的謝意
仰慕及思念

在充滿文化與睿智的朱熹紀念館
想你如何安詳地朝夕接受庭訓
我欣然地與你合影留念
在你依然青翠挺直的樹身前

年輪的運轉即不那麼被重視了。
其實是有幸和一代大師生長在同一紀元
將巍巍一個朝代的帝號加諸於你
如此便增添了一份歷史感

大紅袍——武夷山記詩

只有三棵
在茶樹王國
九龍環繞的
岩壁半山腰
一小塊土壤裡
靜靜地生長

皇權表徵的賜名
來自一位神仙道士

特別築造的磚泥矮牆
即是茗叢之最的城堡界石了
看管的人在涼亭閒適地坐著
便衣警衛在山徑悠游地走著
四面八方前來的遊客抬頭仰望
用相機的鎂光燈捕捉
內心的欣羨與讚嘆

只有三棵
名駒靈犬般的稀世珍品
插枝、接芽無數的嘗試
依然不能——
像溫柔陶莉羊的複製
像甜蜜可口果的移植

像基因組合人的翻版
一頭接一頭
一串接一串
一個加一個的再現

每年五月的採茶季
荳蔻年華的採茶女
沿雲梯而上，用白嫩的
手指摘下
最最尖端的二葉一心

九龍蟠踞的山谷裡
還魂草自在地飄垂著
野百合含笑地綻放著

蜜蜂、蝴蝶、翠鳥歡愉地飛舞著
清泉涓涓終年不斷地流著
三棵大紅袍靜靜地生長著

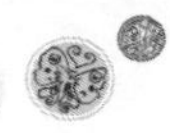

遊天一閣——詩致東明先生[1]

官拜兵部右侍郎
志趣卻在藏書
果真筆勝於劍
亦或書中自有粟、玉、屋
是閣前「天一生水」的高牆護池
是六間「地六藏之」的堅固樓房

1 范欽，號東明，明進士，官至兵部右侍郎（略似今國防部長）。有書七萬冊，造「天一閣」藏之。為世界第二（首位在意大利）亞洲第一藏書家。

是「白銀萬兩或藏書全部」[2]
明智的產業分配
是「煙酒切忌登樓」
「女性不可登樓」
「外姓不得登樓」的嚴厲家規
柒萬冊藏書得以完整保存傳留

最重要的該是對書
虔敬誠摯的愛好吧
萬里迢迢前來拜訪
為的也是同一個理由

2 范欽遺囑將家產分成兩份，一是白銀萬兩，一是藏書全部，二子各傳其一，以免藏書散失也。

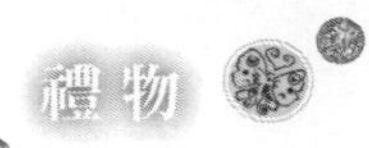
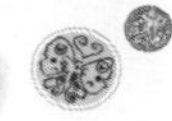

遊蘭亭——致「書聖」羲之先生

曾經一筆一劃臨摹
也曾逐字逐句朗誦
而今來到會稽山陰
「蘭亭」漫遊——
一山一水　一樑一柱
一碑一石　一草一木
「鵝池」白鵝悠遊著
您書法的飄逸
「墨池」黑水映現出

您行草的研美

「太」「鵝」雙碑顯示
父子筆底獨特的風格
「御碑」一尊勒刻
祖孫心性相向的品味

「曲水流觴」處遙遠
四十二群賢列次而坐
千古風流　令人欣羡
詩我能成　酒亦可酣
然永和雅事　情隨境遷
何時再現？

二〇〇二・四・十八

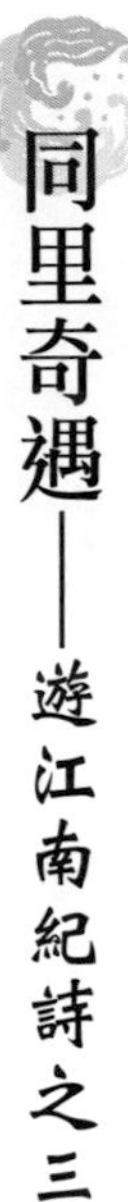

同里奇遇——遊江南紀詩之三

我行走在古老青石板鋪成的街道上
四週是粉牆黛白
明清建築的「老房子」
我坐著木船穿行於窈窕東西的河道
岸上的楊柳、木芙蓉隨風飄舞
夢般迷離地我走進光緒年間
任蘭生的「退思園」，繞著它
「雨天不濕腳，晴日又遮陽」環形
造設的「走馬樓」像童年

初見「走馬燈」那樣的驚嘆。在花木扶疏
樓台亭閣裡一面欣賞「貼水居」的園林
之美，一面退而思考「退而補過」或
「以退為進」那位資政大夫的人生策略
我當然也隨俗地走一走城鎮中心
太平、吉利和長慶三座玲瓏典雅
的石橋。我還想仿傚元代四大家
之一的倪瓚獨行烟渚尋找
畫中的意境、詩句的靈感……突然
一位秀髮及腰、衣裙曳地的古裝女子
和我擦肩而過，她輕盈
快速地走進一條小弄
我追過去，想多看她幾眼
她已走到盡頭，向左

拐了個彎，我趕緊跟上
然而卻見不到她的蹤影
那裡沒有房屋，沒有道路
沒有行人，只有一些草叢
雜樹。斜過去有一條溪水
琤琮地流著，非常清澈。再過去
是山坡，坡上長滿了野花……
奇怪！她去到了那裡
她是誰？

初戀——遊西康妲[1]莊園

猶早於革命種子
萌芽的是
瑪拉瑞雅
瑪庫樂特
兩座山巒之間
犁巴[2]城池一粒

1 西康妲（SEGUNDA KATIGBAK）是菲律賓民族英雄黎剎的第一位戀人。黎剎在自傳中寫：「她雖非國色天香，卻比她們更為動人。」黎剎為之傾倒不已。惜西康妲名花有主，這段初戀只好劃下休止符。

2 犁巴（LIPA），十九世紀出產咖啡盛地。一八八六到一八八八年更是全球唯一的咖啡供應所在。因此當時極其富裕興旺。迄今該處仍留下許多巨宅、莊園、教堂，為一歷史古都。

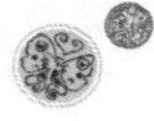

小小的咖啡豆

香醇的氤氳之氣
曾令一位蓋世英雄
魂牽夢縈
稚嫩的心田
首次嚐到
朱比特利劍
溫柔的背叛

當烈士的鮮血
灌溉出自由
和尊嚴的花卉
初戀的芳香永遠

永遠是——
不被忘卻的
那一朵

馬尼拉——我底城市

When Socrates was describing the ideal way of life and the ideal society. Glaucon countered: "Socrates,I do not believe that there is such a city of God anywhere on earth."Socrates answered, "Whether such a city exists in heaven or ever will exist on earth, the wise man will live after the manner of that city."

四十歲生命時空的交會
或許能被容許
如此親暱且佔有性的稱呼
馬尼拉——你是我底城市

終於我能欣然接受及坦誠地與你
認同——包括那些貧窮、污染、犯罪
雜亂、腐敗……你是赤道邊緣
高溫燃燒著的煉獄
即使當我穿著昂貴的名牌服飾
坐在豪華的五星酒店亦或
行走於你陽光椰林的美麗海岸
我亦終能醒覺在眾多看似
迥異與隔閡的表象之外
我們內在相似的困惑與掙扎
在自以為神乎其技如孫行者
翻過七十二跟斗之後
忽然發現你的地理位置竟然是我
掌紋的延伸

必然而非偶然，運命的抉擇
或許你也終能以一座大城的胸襟
來包容我，在知悉
我內在諸般隱含的陰暗面——愚昧
自私・貪婪・狂妄・怯懦……
「沒有一座城市是邪惡的
邪惡的是人」
就在我這樣溫柔地
告訴你的同時，當然也深信
你早已肯定屬於人的
終極的至善與完美
我們不斷地在成長……

澳門大三巴

剩下的只有一片
正門的立面了——這座
十五世紀的大教堂
牌樓，碑石般
單薄而孤零地高矗著

活潑的六翼天使們如今
嬉戲在那一個空間
華麗的巴洛克裝飾隨著

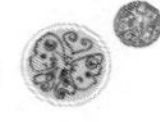

棕櫚、月桂的風姿
進入了那一個時序
還有那幅RUBENS的「聖母與耶穌」
煙滅灰飛後幻化成了
多少迷離塵埃

三度成為一度後
你是否依然感知那深度
像里爾克詩中
古老阿波羅的無頭軀體
靈視底眼依然烱烱
北京博物館內
石器時代的破腹陶壺
心底的泉依然汩汩

啊！澳門大三巴留存的
也只有一塊殘壁了——人們卻依然
聽到喃喃禱詞、悠悠琴韻
隨著海潮的節奏起伏
看見晶晶閃耀在
教堂尖塔上空的
南十字星

第五輯

美好的時光

花迷

夾在我詩集
粉紅色的絲帶
是停留妳
髮上的
一隻蝴蝶

我常追隨它
飛到那一頁——
那一夜我如何將

你底氣息　鎖進瓶中
妳底胴體　壓成標本

聆韋瓦第「四季」的春

這一次我不選擇
靜寂：那超越
有聲的無聲
大音的希聲
溫柔的無語或是——
含情的默默。

讓顆顆音符
交響，如蹦跳的

粒粒脆芽，自豆篋。
驚蟄後，百蟲鳴奏。
新綠枝頭，眾鳥啁啾。
初融溪水，琤琮潺潺。
載歌載舞，新新人類。

非以色誘我而我
　陶醉
於顏彩的繽紛。
非以線條蠱我但我
　感知
那形態的多姿。

甚至——不以實體的
空間求證：是的
只有時間——但這唯一
抽象的旋轉舞台
也在美妙的音韻中
全然消失。

註：音樂乃時間之藝術

屋頂直昇機坪

你當知悉那幢高矗的建築
它幾乎和天空碰觸
但我來自九霄雲外
像一隻蜻蜓般逍遙自在

非為尋求花朵或水池
水泥森林處處堅若磐石
而我亦鋼筋鐵骨的硬朗
棋逢對手壁壘相當

當我緩緩輕觸
你光滑的臉頰
以旋風式的狂歡
你擁我入懷

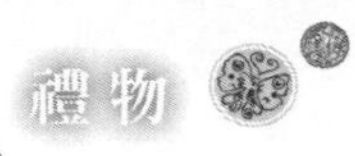

高樓日光浴

赤身露體有
回歸自然的欣喜
陽光的洗禮比教堂的聖水
具備了更多的實質和純意

而我是在高樓
頂端的深閨繡房
憑著窗檯
像靠著神壇

一架直升機在屋頂盤旋
但那不是帶著望遠鏡的偷窺者
兩隻飛鳥自窗前閃過
它們亦非登徒子的調皮搗蛋

當然我更非眩耀修長雙腿
優美肩背的暴露狂
我的窗外是藍天
白雲的空曠

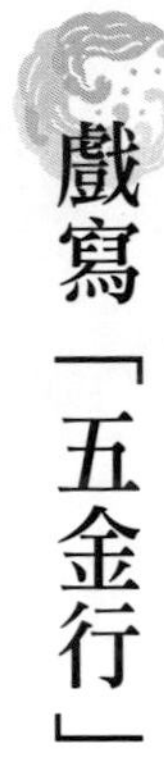

戲寫「五金行」

擲地有聲
個個有個響叮噹的名字
家世顯赫
脈絡遍及各方靈秀山川
水火來去
皆係硬裏子的陽剛好漢

臥虎藏龍
當今八路英雄薈萃一堂
賣身托缽
只待因緣巧合挺身而出
化零為整
小螺絲釘擎起一座大廈

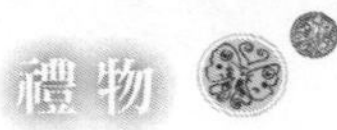

吉普尼（JEEPNEY）

原是戰爭剩餘的物資
運過軍旅、載過炮火
參與過
殺戮的勾當
改頭換面後
連名字
都有著出家人的意味
悔悟之心
是毋庸置疑的

紅塵滾滾
日夜致力於——
普渡眾生

蠶

春日以後
即不再執著
於情底痴迷，
蠟炬的淚滴
終成灰燼，
火浴的鳳凰
再生　飛起。
也許以與你
同音韻律的

禪　得以感悟
你自我禁閉，
自我釋放的
思緒——絲路的
經緯豈止萬水
千山的跋涉，
尤須　遠溯
嫘祖母儀
天下的恩澤，
螻蟻之軀
亦能表現
一片光潔
璀璨的織錦。
你喫樹葉，

我啃書頁，
你吐絲，
我寫詩。

雲

曾被詩人擬想成
貴妃衣裳的妳
千百年後
依然風姿綽約
在穹蒼空曠的
大舞台
作秀

時裝的潮流
一波又一波
皆比不上妳
日新月異的
創意

天體乃最佳模特兒
以自然輕盈的步履
在時光永恆的
音響和照明中
亮相

冰上的旋律——欣悉孫女李莎芮榮獲菲律賓二〇〇四年花式溜冰賽冠軍

寒帶景色
對妳是陌生的
赤道邊緣
沒有冰雪

人工締造的溜冰場
卻讓你體驗了
晶瑩璀璨的
冬之喜悅

魚的泳姿
鳥的飛翔
液體、固體、氣體諸多
變幻方程式的
必然與偶然

冰上舞踊一如
水上行走是——
一種神奇
一個童話
一首詩

雙飛綬帶——題蔡秀雲贈畫

已然超越當年
指山為盟的
高度——即將印信
合約、誓言等愛的表徵
——拋卻連同佔有
嫉妒、自私等情的藉口
頡頏遨遊——兩個
獨立的自我
完整的個體

成熟的心靈
共同飛向另一
層次與境界
藍天、白雲
綠松間
紅絲帶般的翎羽
飄揚著——
悠悠歲月的喜悅
和生命的光彩

海嘯（Tsunamis）

是海龍王的憤怒
是阿特拉斯城的反叛
隱藏在水平線下的
潛意識知悉：
對陸地的侵犯
是當你
一次再一次
一回又一回
忽視

宇宙的信息：
不再接聽貝殼耳機
自然的音響
不再收看潮汐映像
生態的韻律

地底的音鳴——贈瑪寧寧[1]

……落花猶似「墜」[2]樓人

——杜牧・金谷園

甚至不讓一枚果子垂落的重量
打破生命溪水潺潺流動的沉寂[3]

---

1 瑪寧寧（MANINGNING C. MICLAT），一九七二年誕生於北京，二十八歲英年早逝，是一位以中、英、菲三種語言書寫的優秀詩人，著有詩集——《音鳴：一本詩稿》（VOICE FROM THE UNDERWORLD）。

2 「墜」——瑪寧寧詩，彷彿是她生命的一個預言。

3 詩句採自瑪寧寧「菲語韻文」（VERSES # 1）末兩句：「IF TO THE WATER A RIPE FRUIT FALLS, MY HEART WILL BREAK WHEN SILENCE FALLS.」

像一朵花妳輕輕飄下
尋找隱匿「地底的音鳴」

神奇如星光閃耀
迷離似微風拂面
較地心更為強烈的吸引力
網住每一根纖柔的神經
牽動每一個敏感的細胞
不可抗拒的妳縱身投向
詩的懷抱——以三種語言的音符
詮釋狂歡與激情

愛底故事靜靜流傳
氤氳著熱帶神話的奧妙與虛幻

在酷寒的北京城
雪地上依然留著你的腳印……

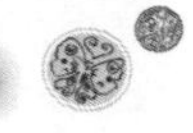

給文明的一封信——題張永村畫作

That civilization may not sink
Its great batter lost
Quiet the dog, tether the pony
To a distant post.

——W.B. YEATS

地址遷移了無數次，而且依然不斷的在變動

但這封信一定能寄到的。沿著

歷史的線索追踪：一開始
是在山腳下的那個洞穴裡
步行幾分鐘就可送達。後來
搬到大樹的枝椏間
野鴿的空郵成了最迅捷的傳遞方式
但最普遍的仍是
水運的途徑——埃及的尼羅河
美索不達米亞平原的底格里斯
及幼發拉第或是
中國的黃河及揚子江，皆有極其
頻繁的往來記錄。一些其他的
河流，有些已經改道
有些已經乾涸，但越過一片林木
荒野或沙漠，你會突然又見到

那令人目眩神迷的景象——
一個城市的側影自地平線
巍巍升起：矗天的高樓
閃耀的燈光、迴旋
交錯的通衢……你禁不住高呼
啊！這封信一定會寄到的
甚至在某些瀕臨絕望的
邊緣：人禍、天菑
戰爭、疫厲、苛政、荒年或是一些
不知什麼原由的神秘因素
導致一整個村鎮的失散
朝代的崩潰、國度的
瓦解、種族的殲滅
宏偉的宮殿付之一炬

百萬人口的都市旦夕
夷為平地。你再也找不到
那人類傳承的
火把、文化接力的
魔棒、智慧常明的
燈盞。你徘徊
摸索，許多次幾乎又回到
昔日的所在地——荒煙漫草
斷柱殘垣……自青苔覆蓋的
石階，你蹣跚地站立
起來，你知道你不能捨棄
不能止息。你必須繼續向前
追踪。你不能讓這封信遺失
讓它被退回原處，讓它成為

無法投遞的函件，即使去到海角
天涯，甚至奔向
另一個星球
另一組太陽系
這封信一定要寄到的

靠岸拜占庭——紀念吳潛誠教授

千島詩社請您來菲講學
我向「葉慈專家」求教的
第一個問題
卻是有關奚尼的

含笑回答的指意是：
來自愛爾蘭，航向愛爾蘭

終極目的依然
是在拜占庭靠岸

最高興的是又見到了您，在台灣
創世紀詩社四十週年紀念
客居新英格蘭，也曾奉寄
詩作，給「中外文學」月刊

走進書店，購回一本
桂冠世界文學名著——里爾克詩集
翻開扉頁，首先讀到的
是您策劃彙編的序言

再次展讀您「艱難之魅惑」
在孜孜鑽研文豪詩藝的字裡
行間，我認識一位
潛心誠摯的學人風範

註：葉慈作品航向拜占庭，詩中的拜占庭代表一個永恆的藝術世界和心靈國度。

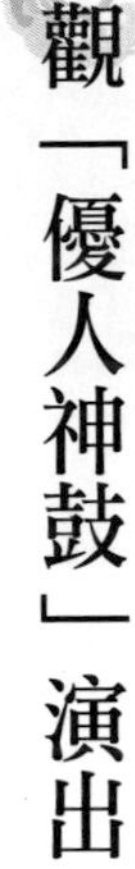

觀「優人神鼓」演出

鼓聲來自洪荒
隔著山巒
部落與部落傳遞
原始的訊息

鼓聲來自季節
衝破雲層
第一聲春雷喚醒
冬眠的蟄伏

鼓聲來自子宮
胎兒的心跳
再一次生命的
轉世與輪迴

啊！不
那不是鼓聲
是雪花靜靜飄落
是禪
是力與美的展現
在光與影的幻象中
當幕帷升起

蝴蝶夫人——菲文化中心「普希尼之夜」詩作

縱然有著同樣飄逸的名字
萩萩桑　妳不會自莊周的夢中醒來
第四面牆上千千萬萬的眼睛
和耳朵　也不要妳醒來
他們喜歡——
看妳櫻花般美麗淒迷的身世
聽妳雲雀樣高昂空靈的傾訴
他們要以——
妳的淚水洗滌他們的淚水

妳的悲哀化解他們的悲哀
他們的渴望——萩萩桑
像妳那樣展示生底活力
情底執著　愛底瘋狂

觀眾席上也許——
有人似乎醒來
有人確實醒來　然而
萩萩桑　妳卻不能醒來
醒來倏忽覺知——
一切的一切只是一場歌劇的演出
一切的一切只是一個虛構的故事

長白山參

靜心修煉
無意成為一株絳珠
百草之王的期盼
豈是紅樓一夢的來生

明知「人身」難得
日照月映，餐風茹露
綠野山林亦能孕育
音韻形態相似的「人參」

見否？見否？——我修長
茁壯的肢體、肩背
頸項……眼、耳、鼻、舌
以及深深蘊涵的奧秘

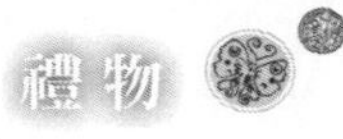

與華青學子共遊大雅台

迷你火山一直張口笑著
樓台遠眺的學子們
以歡悅的眼神
與它作會心的互動

高速公路馳車
專程前來拜候——
感受湖光山色的清純
花草樹木的寧靜

且讌　且飲
且舞　且歌
且吟一首詩——
一陣微風吹出一個隱喻
一朵白雲浮現一枚象徵

杯子——於華嚴學會恭聆界靜法師講六祖檀經

杯子被使用的剎那是杯子（強名為杯子）
杯子不被使用時是假象是幻象
是概念是夢

杯子是杯子亦非杯子名杯子
杯子無形亦非無形
杯子存在亦不存在
因緣而生
緣生無性

緣乃空（空有不二）
杯子之實相不常亦不斷
　不一亦不異
　不生亦不滅
杯子被使用的剎那是杯子
剎那變易……

二〇〇七・四・十九

岷江恭迎一如法師

由響亮的「青藏高原」
到沉潛的「一聲佛號」
其中的轉折、起伏
　　迴旋
超越
又豈是花腔
女高音美聲學運作
與造藝所能闡釋

以玄德三顧茅廬的至誠
玉棉居士萬里飛渡
太平洋叩請
一如法師大駕蒞菲
為華嚴法會助唱
為娑婆眾生祈福

猶在俗世迷悟之間的我
冒昧地以粉絲的興奮向
師父呈示
一張歌星李娜的CD
師父賜我一朵寧靜
詳和的「微笑莊嚴」

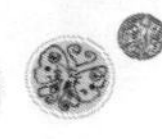

莊嚴的微笑裡我似乎瞥見
色空不異的慧觀
領悟到——
正知正覺的般若

註：一如法師獻身佛門前係大陸名歌星李娜。一曲「青藏高原」，享譽海內外。

早春——讀劉國松畫

自非山非水的混沌大氣見
山是山　見水是水
自似有若無的幾抹
綠　尋及
季節循環的秩序
且自預設標示的主題
感知命定的圖騰——
即不再執著於表象的逼真
寫實——形態、音聲

或色澤……同時也領悟到
終極存在的是流動而非河流
　　是莊嚴而非山巒
便將一切名辭自光影、線條中
悄悄匿去——林木、花草
飛鳥、動物、游魚
屋宇、橋樑亦或正在
幽壑觀瀑的數位高士連同
遠處古剎隱隱傳來的鐘聲……

少女與陶甕——題阿摩索羅畫之二

小溪就在附近，沿著屋後
的黃泥路，沒多遠
就能取到水。但我喜歡繞道
穿越芒果林，在濃蔭下行走
看陽光透過樹葉灑下
美麗的圖案。再過去是一片
玉米田還有菠蘿園、椰子樹

菜圃、甘蔗、香蕉和土荔枝……
我會去到山腳，那裡的水
更清澈，可以看到河底的卵石
和游魚。當然我最高興的
是見到達哥，他會自田梗
向我走來，幫我一同將水
注滿陶甕。然後
用他結實的手臂輕易地
舉著，陪我一路走回家……

註：阿摩索羅（Fernando Amosolo 一八九二-一九七二），菲律賓國寶級畫家。作品多以島國自然景色及農村生活為主題。筆觸紮實，風格純樸，充滿鄉土氣息。對光影的描繪尤精美獨到。

美好的時光——題阿摩索羅畫作之三

知悉將被畫筆停格
進入時光隧道——農婦
村姑們便刻意妝扮起來——穿上
蝴蝶袖的紗衫
孔雀尾的長裙
以最甜美的表情
　　最生動的姿態
　　最適當的角度——
側身、正面、背影……

在大樹下、濃蔭底
亞熱帶金黃、翠綠的果蔬滾了一地
盛滿籮筐、滿簸箕——芒果、西瓜
菜瓜、江豆、青菜、白菜……
陽光映照、應是晌午時分
你可以嗅及泥土的芬芳
感知大地的豐富、你可以
聽到交易互動間的言談嘻笑
你也會看見那個從牛背跳下
斜倚樹身的牧童……如果瞧得
更仔細點兒，你還能看見
水塘苔石上蹲着的青蛙以及
亂草雜叢中棲息的野鴨……

二〇〇七・六・十一

夏日牧歌（Summertime Pastora）——題阿摩索羅畫作之一

豐盛的饗宴滿溢菜根香
滋潤的黃泥地柔軟清涼
素食的牛群原是——
閒情逸趣的禪子
或坐或臥或立或行或觀望
天際較煙火更璀璨的彩雲飄揚

燭舞——題阿摩索羅畫作之六

在舞與舞者之間，你選擇
燭光——蠱惑於
　燭芯流下的淚
　燭身綻開的花
　燭焰照出的柔亮

也是一種玩火
的遊戲——可以燎原的
星星、可以焚城的燃燒

而現在——鵜鴿般停憩在
少女烏黑的髮叢
　白皙的手臂、掌心……
任紅裙旋轉、赤足跳躍……
吉他、豎笛、手風琴鳴奏……
以及掌聲的應合、歡呼、讚嘆……

唯一安靜的是
燭光……
還有你

二〇〇七・十

浣衣——題阿摩索羅畫作之五

童貞女的羞澀被林木濃蔭遮蔽
且將文明的束縛一件一件除去
澄澈的溪流映照著光潔的胴體
一如希臘神話水仙臨波的自戀
踮著腳向水中美麗的倒影走去

舞——紐約JOFFREY芭蕾學校觀賞排練

有關其他同音異義的字眼兒
就不必管它了，諸如：
三度紅塵的物
四大皆空的無
五蘊聚集的吾
乃至明心見性的悟

你是舞者
你要知道的就是舞

舞成鳥、舞成魚
舞成水的流動、火的燃燒
舞成雲、舞成風
舞成一個太陽系

舞成舞
舞是你、你是舞
舞成所有同音
異義的物、無、吾、悟
全都化為同音同義的
舞

漁舟晚唱——題阿摩索羅畫作之六

歸舟不是休止符
漁人的琴弦豈僅
斜斜的船舷和
直直的桅杆
魚網縱橫乃交錯的五線譜
織出的樂章便有海洋的壯闊
落日的旖旎、沙灘的溫柔
和魚群的唼喋……
黃昏是迫不及待的

第一位觀眾

霞彩的天幕尚未拉起

就悄悄閃身入座

草與花——讀林啟祥墨寶「稼軒詞」

千百度
尋覓
凝住於
書法一紙

一紙乃一指
天與地——

設若狂草之迷惑
能在非關文字
的妙理中
悟得

想——
燈火闌珊　驀然
回首　亦應見到
那人
拈花微笑

註：王國維人間詞話引辛棄疾青玉案後半段為「古今成大事業、大學問者必經三種經歷中最欣悅的境界。」此幅墨寶由菲華儒商莊長江、唐碧華伉儷購得。蒙贈，特以數行詩作，聊表謝忱。為記。

米稻梯田（RICE TERRACES）——詩記菲律賓北呂宋旅遊

豈只是一幅幅幾何圖案的
立
體
畫
獨特的排列乃第八奇蹟的
玉
雕
塑
童話巨人不忍踐踏神農的

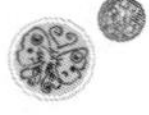

米
稻
梯
田

為了谷底峰頂的穿梭遊戲
便練就了一身霧靄的輕功

彩虹俠女總是懸空出現在
新雨過後的天際
高眺的身影不敢履及
登臨山巔的台階——那是
禾穟王國御統領域的專屬

目　次

詩作英譯四首

詩作菲譯八首

詩作英譯四首

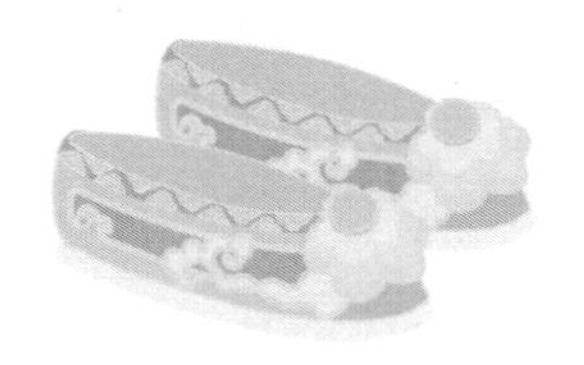

Stalactite

Translated by Rita C. Tan（莊良有）

Actually, our ages are very close
Learning, experiencing
Process of growth also quite alike
The only difference is perhaps
The character——you're an introvert
I'm an extrovert
You love serenity
I enjoy activity
But internal and external
Where lies the difference
What there is on the external
Is also there in the internal
Serenity and activity
Where lies the difference
"Bamboo moves or heart moves[1]"
What I've seen should be
Much more than you——like glittering
Starry sky, floating
Clouds
Like crimson blossoms, green leaves, and also beasts

Fowls……. "In this world
Whatever that can be seen is illusive
Only that can't be seen is real[2]"
Therefore, if what I see
Is all illusive
What you do not see (or I thought
You did not see) is
All real

Actually, we've known each other
Long, long time ago-----------all types
All kinds of you and me
Different periods----------------you and I
Of the past, present, future
"Time basically does not exist[3]"
Therefore, this encounter
Between you and me should be
Should be the so-called
Eternity, Right

Notes:
1.Quote from Buddhist sutra
2.&3. Einstein's theory

鐘乳石

——桂林蘆笛岩遊記詩

其實，我們的年歲是相彷彿的
學習、體驗
成長的過程　也頗為類似
不同的　也許只是
性格吧了——你內向
　　　　　　我外向
你喜靜
我好動
然而　內與外
　　　又有什麼區別呢
外在有的　內在一定也有
靜與動
又有什麼迴異呢
「鳳尾竹動　還是　心動」①
我見到的應該比你
多得多了—— 像閃亮的
星空、飄浮的
雲朵
像紅花、綠葉還有走獸
飛鳥……「在這個世上
凡見得到的都是虛幻
　見不到的才是真實」②
那麼，如果我見到的

都是假象
你沒有見到（或者我以為
你沒有見到的）就都是
真實的了吧

其實，我們很早
很早就認識了——各式
各樣的我和你
不同的時間—過去、現在
和將來的
我和你
「時間其實根本就不存在」③
那麼，你
　　　和
　　　我
這一次的相逢應該就是
就是所謂的——
永恆了吧。對不對

註：①佛家禪語
　　②，③愛因斯坦論

The Grand Canyon

Translated by Rita C. Tan

Ensconced beneath the iceberg the subconsciousness unfolds
On land when panoramic view starts flitting
Will it awaken you from far
Far away memory such open style of
Nakedness candidly lay bare before you
The illusion and mystery of your dream
______ a series of battered magnanimity
______ a shadow of aloof chivalry

No need to wait for the descent of the thawing century
No need to endure the confinement of the dark period
And you can enter the fabulous inner world
Just like the water rippling the mountain undulating forming
Even more lengthy more quaint labyrinth

Although that was earlier than the age of agriculture
Crop field and passage ways therein
Already stealthily planning among stars
Can you find
That very first seed the earth rotates
The positioning of active and passive arteries already flowing as river

Stretching the four limbs relaxing the muscles
You sluggishly wake up from the fatigue in your soul

Traversing on the path made up of cacti
Thorny signs delineate the bloody map
From gravel, rough grain touches the shiny, slippery fat
From soil, cold elements rub against the burning passion
Also on the uneven earthly bed of fern
At the twilight zone between Yin and Yang

From fragmented rock layers piled up like mountain of files
Allowing the desire to run wild to steamingly become
The original inception
Pull out a copy of dust-concealed record
Perhaps the eroded historical relics can evoke some
Long forgotten but intimate recollection
From ruined wall surfaced but swiftly vanished innumerable
Shadows and images myriad faces of life
Hacked and carved by the weighty axe of destiny
Some independent pose you can still recall
Some type of stature you once adore
Some distinct character you can still call out the name
Beyond time

From colossal mountains
bumpy valley inward downward
Deeper and deeper winding
And more windingPenetrating the unfathomable into tens of thousands of feet

The masculinity that emits metal mine
Also the femininity that the earthly motherhood embraces
Towards the uterus: the warm, comfortable ground where life was nurtured
Your choice not an accidental fall
But a voluntary conception

Lava of firewild flow of stones already cooled and solidified
In the attracting magnetic field in the two repellent poles
Gene and gene not to be rattled again by the pledge of being crumpled by vast mountain
When positive and negative numbers considered the pre-determined condition for
Aquiring and discarding
Identical and different nature deemed post standard for acceptance and refusal
The color of true tragedy emanates from an original cell
The scintillating chromosomes----------formula of rainbow constructed
Between mountain sawaiting you
To explore the exit
To explicate the answer

When the curtain of legend gradually rises
You would be completely awake and enter into slumber
Before the manifestation of season's countenance first see that smile
Before the birth of form of time first hear that language
If ever the missing link occurs again
Towering rocks jumbledperilous cliffs disarranged

You can still find a molar
a spine
a head

大峽谷

隱藏於冰山下的潛意識展現于陸地
當視野馳騁　能否喚醒你遙遠
遙遠的記憶　如此開放式的
裸裎　將夢底虛幻與神秘
坦然地顯示出於你眼前；
以一列支離縱橫的豪邁
以一影冷峻傲然的峽骨

無需等待解凍紀元的降臨
無需忍受黑暗期限的禁用
即可進入繁華繽紛的內心世界
一如水底波動　山底起伏形成
更為綿亙奇趣的迷宮

縱然那是早於耕植的年代　阡陌與田隴
已在星座間暗暗策劃　你能否尋到
那第一顆種籽 大地
移轉　動脈與靜脈
已流淌成河川的姿態
舒伸四肢　鬆弛筋絡
你自靈魂的倦息中緩緩甦醒

沿著仙人掌的紋路攀緣跋涉
芒刺的指標劃出血的地圖
自砂礫粗糙的肌理撫觸光滑的凝脂
自塵土冷漠的元素廝摩焚燒的熱情
且於羊齒植物凹凸的牙床
任慾的奔放　氤氳成
元始的鴻濛　在陰陽交界的微光區

自斷岩　層層堆疊如山的檔案
抽取一份塵封已久的資料
風化的史跡或能為你吹來一些
早經遺忘卻又熟悉的回憶
自殘壁　浮現又迅即消隱的無數
側影與肖像——命運巨斧劈砍
雕琢的眾生相：
一些獨立的風姿　你依然記得
一些巍峨的典型　你曾經仰慕
一些鮮明的性格　你仍舊叫得出名字
在時間之外

自嶙峋的崿壁
　崎嶇的山阿　向內　向下
　　　　　　深入更深入　蜿蜒
再蜿蜒　向千噚深淵　萬丈底端
　那散發著金屬礦苗的陽剛
　又蘊涵著大地母性的陰柔
向子宮：那安適溫暖孕育生命的土壤
你底抉擇　並非偶然的失足
　　　　　而是絕然的投身

火的溶岩　石的狂流已然冷卻凝固
在相引相吸的磁場
在互排互斥的兩極
因子與因子即不再
為巨山崩潰的盟哲慌亂
當正負數　被指定為取捨的先決條件
　同異性　被規劃成納拒的後設標準
真正悲劇的顏彩竟緣於一原生細胞
瑰麗的染色體——虹霓的方程式搭築於
山谷與山谷之間　留待你
探索那出口
演繹那答案

當神話的序幕冉冉昇起
你即全然清醒地進入睡眠
在季節的顏面映現之前　先見到那微笑
在歲月的形體誕生之前　先聽聞那語言
設若連續的繯結再次失落
亂石巉巖
危崖交錯
你依然能找到一枚臼齒
　　　　一條脊椎
　　一顆頭顱

Voice from the Underworld[1]
——To Maningning

"And blooms, like one plunged to her death, fall down."
——Tu Mu, Golden Valley Garden
(Translated by Sy Yinchow)

Translation by Rita C. Tan
And Grace H. Lee

Would not even let a fallen ripe fruit's weight
Break the silence of the bubbly brook of life[2]
Like a flower you drift[3] down
Searching "voice from the underworld."

Mysterious as twinkling star
Fascinating as gentle breeze
More intense than gravity
Captivating every delicate nerve
Vibrating every sensitive cell
Irresistibly you leap toward
The embrace of the poetry – using three languages' notes
To unfold passion and ecstasy.

The love story quietly passes on
Permeating the charm and fantasy of tropical myth
In chilly Beijing
Snow on the ground still left with your footprint.

Notes:

1. “Voice from the Underworld”- A book of verses written by Maningning C. Miclat (1972-2000), born in Beijing and passed away at age 28. An excellent poetess, she wrote in Chinese, English, and Filipino.
2. Inspired by Maningning’s “Verse #1” last two sentences---“If to the water a ripe fruit falls, My heart will break when silence falls.”
   “Drift”---One of Maningning’s poems seemingly a prediction of her life.

地底的音鳴

——贈瑪寧寧[1]

……落花猶似「墜」[2]樓人
——杜牧・金谷園

甚至不讓一枚果子垂落的重量
打破生命溪水潺潺流動的沉寂[3]
像一朵花妳輕輕飄下
尋找隱匿「地底的音鳴」

神奇如星光閃耀
迷離似微風拂面
較地心更為強烈的吸引力
網住每一根纖柔的神經
牽動每一個敏感的細胞
不可抗拒的妳縱身投向
詩的懷抱——以三種語言的音符
詮釋狂歡與激情

愛底故事靜靜流傳
氤氳著熱帶神話的奧妙與虛幻
在酷寒的北京城
雪地上依然留著你的腳印……

註：① 瑪寧寧（MANINGNING C. MICLAT），一九七二年誕生於北京，二十八歲英年早逝，是一位以中、英、菲三種語言書寫的優秀詩人，著有詩集——《地底的低鳴》（VOICE FROM THE UNDERWORLD）。

② 「墜」——瑪寧寧詩，彷彿是她生命的一個預言。

③ 詩句採自瑪寧寧「菲語韻文」（VERSES # 1）末兩句：「IF TO THE WATER A RIPE FRUIT FALLS, MY HEART WILL BREAK WHEN SILENCE FALLS.」

FIRST LOVE
——VISIT "CASA DE SEGUNGA"

Translated by John Sy（施約翰）

Way prior to the event that a seed
of Revolution was in bud
there grew in Lipa town
amidst the mountains
of Malarayat
and Makulot
a tiny tiny coffee bean

Whose essence of aroma
notably caused a peerless hero
to fall for with all his soul
and an innocent heart
to taste the tender betrayal
of Cupid's arrow
for the first time.

When the fresh blood of the martyr
watered the flowers
of liberty and dignity
the redolence of first love would forever
and ever be--

that very one
not forgotten.

初戀
——遊西康妲[1]莊園

猶早於革命種子
萌芽的是
瑪拉瑞雅
瑪庫樂特
兩座山巒之間
犁巴[2]城池一粒
小小的咖啡豆

香醇的氤氳之氣
曾令一位蓋世英雄
魂牽夢縈
稚嫩的心田
首次嚐到
朱比特利劍
溫柔的背叛

當烈士的鮮血
灌溉出自由
和尊嚴的花卉
初戀的芳香永遠
永遠是——
不被忘卻的
那一朵

註：① 西康妲（SEGUNDA KATIGBAK）是菲律賓民族英雄黎剎的第一位戀人。黎剎在自傳中寫：「她雖非國色天香，卻比她們更為動人。」黎剎為之傾倒不已。惜西康妲名花有主，這段初戀只好劃下休止符。

② 犁巴（LIPA），十九世紀出產咖啡盛地。一八八六到一八八八年更是全球唯一的咖啡供應所在。因此當時極其富裕興旺。迄今該處仍留下許多巨宅、莊園、教堂，為一歷史古都。

詩作菲譯八首

SALIN NI JOAQUIN SY　施華謹 譯

Telebisyon

Nang dahil sa telebisyon ay hindi na magkakaroon pa ng
dakilang tao. Masyado nitong pinaglapit ang mga tao. Nawala na
ang kinakailangang distansiya para sa kadakilaan.
——Peter Ustinov, acktor, director,manunulat

Inagaw ng mga terorista ang isang puno ng
pasaherong 747
Kay rangya at kay ringal na kasalan sa
palasyo! Mga lider ng limang bansa,samasamang lumagda
sa kasunduang anti-nukleyar. Bigla kang
tumayo, nag-inat
at nagpunta sa kusina para
uminom ng isang basong tubig

pagkuwa'y bumalik sa upuan
at nanood ng torneo sa basketball
(Ang kampeonato para sa taglagas!) Di mo kailangang
pumila at bumili ng ticket
Ang buong torneo ay dinala nila
sa iyong harapan—— ang mga manlalaro
nagsisigawang apisyonado

Sa mismong harapan mo, ang mga pangyayari'y
isa-isang nagaganap

Parang telenobelang hindi matapus-tapos
Mundong bilog, tanawing
parisukat……..Ang paang nakayapak
itinaas mo sa mesita
at ikaw ay nanigarilyo

電視

電視使偉大的人物不可能再存在。
它把人拉得太近。它排除了
偉大所必需具備的距離
——彼得・尤斯汀諾夫，演員，導演，作家

恐怖份子正劫持一架滿載
乘客的七四七
啊！多麼華麗莊嚴的皇室
婚禮。五國元首共同簽署
一項反核武器協議書。你突然
站了起來，伸個
懶腰到廚房去
喝杯水

然後又回到座位
看籃球比賽
（是秋季錦標賽呢！）你卻不必
排長龍，買票
他們把整座球場
搬到你眼前來——球員
裁判連同數以千計瘋狂
喊叫的球迷

就在你眼前，事件
一件一件的發生
連續劇般永遠演不完的
球形的世界，方形的
視界……你把光著的腳丫
高高擱在几上
一面抽煙
一面吃爆米花

Tungkol sa May-akda. Si Grace Hsieh-Hsing ay isa sa mga pangunahing makata sa wikang Tsino sa Pilipinas. Ang karamihan ng kanyang mga tula na tinipon sa koleksiyong To The Flowers ay isinalin sa Ingles ni John Shih, ekspertong tagasalin. Sa paunang salita sa naturang libro, sinabi ni Alejandro R. Roces, "Grace Hsieh Hsing is not a versifier. She is a true poet- gifted with inner vision. You don't read her poems. You experience them. I went through her book and met a great soul."

Halo-halo

Ang pang-akit ng mestiso't mestisa, kumikislap
sa aking isipan -pinag-iisa ang sa Espanya
sa Amerika, sa Tsina
at ang sa isla ng Luzon
na may bango ng sampaguita… Ang mestiso't mestisa
sabi nila: ay pawang
makikisig, magaganda

Sagisag din ng isang uri ng pinagsamasamang
Kultura—— iba-ibang
wika, iba-ibang gawi
ugali, pagsamba
at pamumuhay…gaya ng mga taong iba-ibang kulay
sama-sama sa malaking siyudad, may paligid
na mahiwaga, masalimuot, kaakit-akit

Gaya rin ng
isang masayang malaking pamilya
Home sweet home
Puno ng tawanan, galak
at pagmamahal. Sa bayang Katoliko
ang pagpigil sa pagdami ng tao ay labag
sa kagustuhan ng Diyos. At ang tradisyunal

na kaisipan ng Silangan ay nagpapahalaga
sa paglaki ng pamilya, pagdami ng anak at apo…

Ang totoo, ito'y karnabal ng pagdiriwang
sa aning masagana!
Bawa't bahay may ilaw at palawit
Kahit saan magdamag ang sayaw at awit
Tingnan! Kay raming
kulay na matitingkad - pula, dalandan, dilaw, berde
asul, indigo, biyoleta…nasa baso kong lahat
Kumikislap

哈露・哈露

混血兒的風姿，便如是
閃過我腦際——融合著西班牙的
美利堅的，中國的
還有茉莉花香
飄揚的呂宋島的……而混血兒
他們說：都是
美麗的

也是象徵一種多元性的
文化背景——不同的
語言、迴異的風俗
習慣、宗教信仰
和生活方式……像各色人種
聚集的大都市，充滿了神秘
複雜的迷人氣息

又像是
一個熱鬧的大家庭
HOME SWEET HOME
充滿了笑聲，歡樂
與愛。在信奉天主教的國度
人口的節制，是違反
上帝的意志。而傳統的

東方思想，又是那麼重視
家庭的擴充和子孫的繁衍……

其實，這是一個慶賀豐收的
嘉年華會啊！
　家家張燈結綵
　處處歌舞通宵
看！那麼多
那麼多艷麗的色彩——紅、橙、黃、綠
青、藍、紫……都在我杯中
閃耀

Pintong Umiikot

Kailagan lang tumayo
Sa tamang lugar, at gaya nang mundong
iikot papunta
sa ibang panahon, sa ibang
araw at gabi, di kailangang
kumatok
at maaaring mapunta sa ibang
kalagayan
Parang laro ng mahika
Isang ikot ng katawan
at naglalaho, napupunta
sa kabila ng pader, gaya ng batang nakasakay
sa tiyubibo, tumatamasa
sa galak ng pag-ikot

Sa gayon ang labasan at pasukan
ay nagiging isang uri ng
laro ng direksiyon, at
ang damdamin ng pagkakapiit
ay di na nila isinisisi
sa kasamaan ng pinto
Ang pagbubukod-bukod ng mga tao
maging sa lugar na walang pinto, ay
nangyayari…

旋轉門

只須站在
適當的位置，即可像地球
那樣轉向
另一個季節，另一個
白晝與黑夜，無需
推敲
即可進入另一個
境界

玩魔術那樣地
一轉身
即不見了，即進入
牆的另一邊，像坐木馬
的孩子，享受
旋轉的樂趣

於是出口和入口
成了一種
方向的遊戲，而且
他們不再
把禁閉的感覺，歸之於
門底罪惡
人與人的隔閡
在沒有門的地方，也一樣
存在著……

Kalye Ongpin

Nasa Chinatown ang Kalye Ongpin
Tuwing naiisip ko ang Tsina
Sa Ongpin nagpupunta

Sa Ongpin nagpupunta para bumili ng tradisyunal
na gamot Tsinong pumapawi sa sintomas at sanhi ng sakit
pumapawi sa malalim ang pagkakaugat na pangungulila sa bayan
Sa Ongpin bumibili ng katas ng lemon na inianunsiyong
lumilinis sa puso at nagpapalamig sa init-katawan
pumapawi sa galit dala ng pagkaduhagi ng bayan at tahanan

Sa Ongpin nagpupunta para kumain ng lutong Tsino
Daig ng isang pares na chopstick ang isang pluma
sa pagdudugtong sa matandang-matandang historya
Sa Ongpin nagpupunta para uminom ng tsaang Oolong
Daig ng isang tasang tsaa ang ilang patak ng asul na tinta
sa pagbalangkas sa mahabang-mahabang kultura

Sa Ongpin nagpupunta para basahin ang magugulong karatulang Tsino
Sa Ongpin nagpupunta para tingnan ang mga di kilalang mukhang Tsino
Sa Ongpin nagpupunta para makinig sa mga usong kantang Tsino
Sa Ongpin nagpupunta para tumapak sa maruruming kalsadang Tsino

Tuwing naiisip ko ang Tsina
sa Ongpin nagpupunta
Nasa Chinatown ang Kalye Ongpin

Ang Chinatown ay hindi nasa Tsina
Ang Chinatown ay hindi Tsina

王彬街

王彬街在中國城
我每次想中國
就去王彬街

去王彬街買一帖祖傳
標本兼治的中藥
醫治我根深蒂固的懷鄉病
去王彬街購一盒廣告
清心降火的檸檬露
消除我國仇家恨的憤怒

去王彬街吃一頓中國菜
一雙筷子比一隻筆杆兒
更能挑起悠久的歷史
去王彬街喝一盅烏龍茶
一杯清茶較幾滴藍墨水
更能沖出長遠的文化

去王彬街讀雜亂的中國字招牌
去王彬街看陌生的中國人臉孔
去王彬街聽靡靡的中國流行歌
去王彬街踏骯髒的中國式街道

我每次想中國
就去王彬街
王彬街在中國城

中國城不在中國
中國城不是中國

Sa mga Bulaklak

Nagtanim ako ng bulaklak, matagal na hindi namukadkad,
at nakadama ako ng pagkadismaya. Sabi ng kaibigan,
may damdamin din ang bulaklak. Bukod sa tubig at pataba,
kailangan ang matatamis na salita, para maengganyong
mamukadkad.

Pinagpasensiyahan ko na ang kasupladahan
pati nakaugaliang pagkahuli sa tipanan
Sa may kanto
hinintay ka, mga mata ko'y naglagos sa
taglagas, mga bisig
ay idinipa gaya ng sanga sa taglamig
nguni't matiyaga pa ring naghintay
Ang tagsibol
darating at darating

Ang mga hakbang mong nahuli nang dating, mahihinhin
gaya ng talulot. Di makapaghintay akong lumapit
at humalik - at ang pagkamahiyain ng dalagita
ay bahagyang nanginig, sa hangin
sa lilim ng mga luntiang dahon
(Ayy! Kung ako lang ay
isang dahon, ikaw ay yayakapin
at ngayong gabi, ikaw ay

akin.)
At bukas nang umaga——
sa pisngi mong maririkit
lulutang ang matingkad na pulang ulap
na palisin ma'y hinding-hindi mapapalis

説給花聽

植花一株，久未見其開放，頗感意興索然。友人告之，花亦通情解意。澆水施肥之外，尚需甜言蜜語一番，始蒙青睞。

我已饒恕你少女底驕縱
約會總是遲到的壞習慣
在街之轉角處
等妳，我的雙眼望穿
秋水後，兩臂
也已伸展如冬之枝椏
但我依然耐心地等候
春
總是會來的

那時，你姍姍的步履婀娜
如花瓣。我迫不及待趨前
吻妳——少女底嬌羞
微微顫慄，在風中
在綠葉掩映之間
（啊！如果我是其中
一片，我便會擁你入懷
今夜，妳便是
我的。）

而明晨——
浮上妳美麗臉頰的
是怎麼揮也揮不去的
豔如霞彩的紅暈

Ang Huling Raha

Ang asul ng dagat at pula ng korales
-sa ilalim ng balat mong maitim na kayumanggi,
walang dudang nananalaytay
ang dugong maharlika.

Ang tangi mong korona
ay malapad na turbante ng mga Muslim,
ang matingkad na kulay nito'y maringal,
sagisag ng isang maningning na kaharian.

Ang totoo, ang moog sa tuktok ng bundok
ay mumunting kubong yari sa kawayan at lupa,
ang hanggaha'y itinatakda ng mga istaka.
Nakapuwesto ang ilang lantaka
at ilang mandirigmang may hawak na patalim.
Bukod dito, ang mga palawit
na gawa sa buto ng balyena
at sungay ng tamaraw,
nagsisilbing anting-anting sa iyong leeg.

Nang sa kagubatan sa bundok
ay itinayo ang mga poste ng totem,
at mula sa malayong dagat
ay inihatid ng barko ang krus,

ang iyong kaluluwa’y mayroon nang tahanan.
Sinabi ni Allah:
Hayaang umatras ang mga mananakop
at lumikas ang mga tumalikod sa pananampalataya,
hayaang maglaho ang galit at poot,
hayaang tumigil ang digmaan,
Tanging ngalan ng raha, ang mananatili.

最後的酋長

蘇利曼RAHA SOLIMAN（？-1571），西班牙人統治前，菲律濱最後一位君主。也是較勇猛的反抗者。他是忠貞的回教徒。

海的藍與珊瑚的
紅——你褐黑皮膚下流著的
王室血統
是無庸置疑的

而冠冕竟是
一條伊斯蘭的寬頭巾
鮮豔的色澤便富麗得
真像一個顯赫的朝代了

其實山頂的城堡不過
是些竹編土砌的簡陋茅舍
以木樁欄柵圍界著
幾尊小型的大炮擱在缺口處
幾個持刀的武士站在陰影裡
還有——就是
鯨魚的骨
野牛的角
磨成懸掛
在你頸上的護身符了

當深山的叢林
豎起圖騰柱
當遠洋的船隻
載來十字架
你的靈魂早已有所歸屬
阿拉說：
「讓侵略者撤離
　讓背信者遷移
　讓仇恨消弭
　讓爭戰止息
　唯王者的名　在」

Tungkol sa makata: Pangunahing makata sa komunidad na Tsinoy, madalas humango si Grace H. Lee ng paksa mula sa mga tanawin, kaugalian, at iba pang mga bagay-bagay tungkol sa Pilipinas at mga Pilipino. Ang mga isinaling tula ay kabilang sa koleksiyon niya ng mga tula tungkol sa mga bayaning Pilipino.

Gabriela Silang

Mahal kong Diego,
marubdob na hinahangad ko
na mula sa malamig na pedestal ng estatwa,
makabalik sa mainit na kapatagan ng buhay,
mula sa kongkretong gubat ng Maynila ng ika-20 siglo,
makauwi sa kaparangan ng Ilokos ng ika-18 siglo.
Naibabalik ba ang panahon?
Pagkalipas ng dalawandaa't dalawampu't pitong taon,
itinuturing nila ako ngayong
simbolo ng kilusang mapagpalaya ng kababaihan.
Ako ang Joan of Arc ng Pilipinas, sabi nila,
kaya't ang estatwa kong sakay ng kabayo
at nagwawasiwas ng tabak, inilagay nila
sa pinakamaunlad na sentro ng komersiyo-
sa tabi ko, ang mga sasakya'y paroo't parito,
ngunit Diego, tunay na hinahangad ko
ang galak ng pagpaparoo't parito,
kasama mo, sakay ng kabayo,
Sa di kalayuan, ang Intercontinental at Peninsula,
tinatawag nilang hotel na limang-estrelya,
kung gayon Diego, doon sa ating Vigan,
ang matamis na tahanan natin at lupang tinubuan
ay dili iba't ang kalangitang puno ng estrelya,
Sa ilalim ng kalangitang puno ng estrelya,

mahal kong Diego, limang taon tayo nagsalo
sa mapayapa at maliligayang mga araw.
Ngunit unti-unting kumalat ang anino ng kolonyalismo,
hanggang noong Disyembre 14, 1762,
matatag na ipinahayag mo
ang pagsasarili ng malayang Ilokos.

Sa Santo Domingo, sa unang engkwentro sa kaaway,
sa iyo ang tagumpay, at nagtuloy-tuloy ka
hanggang sa bayan natin, sa Vigan,
at talunang tumawid ng ilog para tumakas
si Obispo Uztariz at iba pang banyagang opisyal.
Dala ng kabutihang loob, hinayaan mong
makatakas sila nang buhay.
Hindi ka lang magiting na mandirigma,
ikaw ri'y mahusay na pinuno.
Sa matibay mong kuta sa tuktok ng bundok,
natatanaw ang buong Vigan.
Hinirang at kinatulong mo ang magagaling na tao,
nagtakda ng mga batas, nangolekta ng buwis na patas,
nagsugo ng kinatawan sa ibang lalawigan,
hinikayat na magkaisa ang mga kababayan.

Ang panawagan mo para sa kalayaan
ay mainit na tinanggap
sa ibang mga bayan sa Ilokos.
Patuloy na lumakas ang iyong impluwensiya
at nakadama ng takot ang mga kaaway, at natanto nilang
hindi ka na magagapi ng anumang puwersa,

kaya't nagpasyang gumamit ng pinakaimbing paraan
-asasinasyon

At ang asesino, diyata't
Si Miguel Vicos, kaibigan mong pinagkakatiwalaan.
Mahal kong Diego,
taglay ang walang katulad na pighati at galit,
ipinagpatuloy ko ang iyong hangarin,
Sa tulong ni Tiyo Carino at matatapat na mga kapatid,
umatras ako sa bayan ng aking ina
at doon itinatag ang pamahalaan ng malayong Ilokos

Nangalap ako ng mas maraming mandirigma,
nagsagawa ng labanang gerilya sa baybayin,
hanggang unti-unting lumakas ang puwersa,
umabot sa dalawang libo katao, kahit pa ang sandata'y
itak at palakol, busog at pana, sinigaang kawaya't damo,
at ilang ripleng nakuha mula sa mga kaaway,
ngunit ang hukbo nati'y pinatibay
ng tapang at kapasyahan,
at ako, na tinawag nilang babaing heneral
ang namuno sa kanila, ang nanguna sa pagsalakay
papuntang Vigan.

Mahal kong Diego,
ang hukbo ng mga kaaway
ay nagdaan sa mahigpit sa pagsasanay,
anim na libong katao, at ang mga sandata nila'y
mga baril at kanyon, na hindi mapipigilan

ng buto at laman ng tao.
Ang mapangahas nating pagsugod, dumanas
ng mariing dagok, at si Tiyo Cariño,
nag-alay ng buhay sa labanang iyon.
Napilitan kaming umatras papuntang Abra,
nagtago sa mga bundok at parang,
at nang sa bandang huli'y nadakip kami,
ang natitira'y ako at walumpung kapatid.
Ang mga kapatid, dinala sa iba't ibang mga bayan
sa baybayin, ginarote sa harap ng taumbayan.
At ako, naiwang nag-iisa,
dinala sa Vigan at nilitis sa korte-militar,
at noong Setyembre 20, 1763,
ginarote rin sa harap ng taumbayan.
Nang araw na ipatupad ang hatol-kamatayan,
maganda ang ihip ng hangin, pati sikat ng araw,
kahit isang patak, hindi umulan,
kahit isang patak, hindi ako lumuha.

Mahal kong Diego,
muli'y nakapaligid sa estatwa ko ang mga turista.
Nakatingala, pinupuri nila
ang mahabang buhok na inililipad ng hangin,
ang mukhang kababakasan ng maalab na damdamin,
ang kamay na matatag ang hawak sa tabak,
ang magilas na sakay sa dumadambang kabayo.
Sinasabi nila:
Isang napakagandang estatwa!
Isang napakagandang babaing bayani!

Mahal kong Diego,
sapat na ang lahat na ito,
hayaang kalimutan nila ang digmaan,
kalimutan ang patayan at kalupitan.
Hayaang humanga sila sa akin,
gaya ng paghanga sa isang likhang-sining.
Hayaang habangpanahong tamasahin nila
ang kalayaan, ang pagkakapantay-pantay,
ang pananaig ng kagustuhan ng taumbayan.
Hayaang maghari sa kanilang kalooban
ang kagandahan at ang pagmamahalan.
Hayaan silang maging maligaya, gaya natin noon,
sakay ng kabayo, magkasamang paroo't parito,
sa maliligayang mga araw natin sa Vigan .....

席朗女將軍

蓋布蕊拉席朗Gabriela Silang（一七三一～一七六三）。菲律賓人伊洛可斯地區民族英雄傑哥・席朗之妻。傑哥遭敵人暗殺後，她繼續領導部下和西班牙軍隊作戰。最後寡不敵眾。被俘，受絞刑而死。

親愛的傑哥　我是多麼渴望
能由雕像冷肅的高臺
邁回生命狂熱的平原
由馬尼拉　二十世紀的水泥森林
重返
伊洛可斯　十八世紀的自然綠野
時光能倒流嗎　二百二十七年後的
今天　他們視我
為婦女解放運動的表徵
他們說我是菲律濱的聖女貞德
他們將我揮刀躍馬的形象停格
在全國最繁華的商業中心──
無數的車輛在我身旁穿梭
來往　但是傑哥
我是多麼思念　與你並肩
馳騁的歡暢　鄰近的
半島和州際　是兩座現代所謂
五星級的旅社　那麼傑哥
我們維干　甜蜜的故鄉和家園

應該是
整片閃爍的星空了
在那一片星空下
親愛的傑哥　我們渡過了
五年　安適快樂的日子
殖民地的陰影逐漸擴張
一七六二年十二月十四日
你決然宣佈
自由伊洛可斯的獨立

在聖陀，多明閣　與敵人首次交戰
你便旗開得勝　再次傳捷
即長驅直入我們的家鄉
維干　猶斯他瑞斯主教及一些
異族官員　狼狽渡河亡逃
你仁慈寬宏地讓他們
保全了性命

你不但是一位優秀的軍事家
也是一位英明的領導者
你的軍營堡壘般
在山頂　俯瞰整個維干城
你選賢與能　制定法律
徵收　公平的稅金
你派遣使員　赴其他省份
呼籲同胞　精誠團結

你自由的號召　受到
伊洛可斯各城鎮

熱烈的響應
你的聲勢愈來愈大
敵人開始感到畏懼並且知道
已不能用武力來擊敗你　於是
便使用一種最卑鄙的手段——暗殺

暗殺者　竟是
你親信的朋友　米格・韋可斯
親愛的傑哥　我帶著無比的悲憤
繼承人　你的遺志
在叔叔卡瑞諾及忠貞弟兄們的協助下
退守到我母親的家鄉辟第干
成立　自由伊洛可斯流亡政府

我召集了更多的鬥士　發動
沿海城鎮游擊戰術的攻打
我們的力量　逐漸增加
到兩千人　我們只有刀斧　弓箭
火竹茅及從敵人那裡奪來的
幾支毛瑟鎗　但是我們
充滿堅毅的決心和勇氣
由我——女將軍——大家如此尊稱我
一馬當先
飛騎率眾　朝
維干行進

親愛的傑哥
敵人的隊伍　是經過嚴格訓練的

六千大軍
敵人的配備　是肉身難以抵擋的
槍械與炮火
我們攻城的壯舉　受到
慘重的回擊　叔叔卡瑞諾
就在這次戰役中犧牲了

我們只好退到鄰省　阿貝拉
在荒山野地躲藏逃匿
最後被擒虜時
只剩我和八十位兄弟
兄弟們　一個一個被敵人
分配到沿岸不同的城鎮　絞殺
示眾　而我一最後的生存者
則被帶往維干
接受軍事審判　于
一七六三年九月二十日
以同樣的方式　處死
行刑的那天
和風　麗日
天空沒有下一點雨
我也沒有流一滴淚

親愛的傑哥　遊客們
又在我雕像的四週佇立
仰望　他們讚賞我
飛揚的長髮
激昂的表情

握刀的氣慨
躍馬的風姿
「是一座優雅的雕像啊！」
「是一位美麗的女英雄啊！」
這樣就夠了　親愛的傑哥
讓他們忘卻戰爭
忘卻暴虐和殺戮
讓他們欣賞我　像欣賞一件
藝術品　讓他們永遠享有
自由　平等　民主
讓他們心中充滿美與愛
讓他們快樂　就像我們早期
在維干
並肩馳騁的歲月……

Tandang Sora

Ang edad na otsenta y kuwatro,
dapat sana'y iginagalang,
kinakalinga, inaalagaan,
inaalalayan pagtawid ng kalsada,
at sa mga lugar-pampubliko,
may kusang nagbibigay ng upuan.
Ngunit, may mga tao ring
nag-utos na ipatapon ako
sa isla ng Marianas sa Dagat Pasipiko.

Inakala marahil na gaya ni Napoleon
na ipinatapon
sa isla ng Helena sa Dagat Mediteraneo,
mamamatay sa lungkot at pag-iisa.
Edad singkuwenta y uno siya noon.
Ngunit ako, paglipas ng anim na taon,
nakabalik sa bayan kong Pilipinas.
Edad nobenta y uno ako noon.

Ang edad na nobenta y uno
at ang karangalan ng pagkakapatapon
nang dahil nagmahal sa bayan,
dapat sana'y may parangal at gantimpala,
ngunit ako'y tumira pa rin

sa tahimik na nayon sa Balintawak,
namuhay nang maralita at kaawa-awa….
Gayunma'y sinasabi ko sa iyo ang lahat ng ito,
hindi para magreklamo.

"Hindi ako nagsisisi. Kung ako'y
may siyam buhay, Buong puso kongiaalalay
sa pinakamamahal kong bayan,"iyan ang sinabi ko
kay Gobernador Blanco, nang araw na
ibaba ang utos ng pagpapatapon.

Sinasabi ko sa iyo ang mga ito
upang malaman mo,
na kung may pangyayaring magmumulat sa iyo
sa kahulugan at kasiglahan ng buhay,
at bigla mong madama
ang liwanag at init at pag-ibig,
at magpapaniwala sa iyo
sa kailangan mong gawin,
sa nararapat mong gawin,
sa hinahangad mong gawin.
Halimbawa'y dumating
ang matatapat na mandirigma
sa munti kong tindahan, ginagamot ko sila
o binebendahan ang sugat, at binibigyan
ng kaunting pagkain, inaalo at ipinagdarasal.

At halimbawa pa, ipinadakip ako
at ipiniit, at walong araw na tiniis

ang malupit na paglilitis-militar,
ngunit hindi ko ipinagkanulo,
kailanma'y hindi ko ipinagkanulo,
silang magigiting kong mga anak,
hindi itinuro kung saan sila nagtatago.
At halimbawa pa, ipinatapon ako
sa isang lugar na banyaga
sa piling ng mga taong banyaga,
at mahigit dalawang libong mga araw
na namuhay nang malungkot at nag-iisa.....

Sinasabi ko sa iyo ang mga ito,
lalong hindi para magmalaki.
Nais ko lang malaman mo
na kung sa buhay mo'y sumapit ang sandali,
kung magkaroon ng pagkakataong ipamalas
ang angkin mong katapangan at dignidad,
at kung biglang natuklasan
ang isang uri ng daluyong
o lakas na mala-kidlat
na umuudyok abutin ang mithiin
at ang pagkabuo ng kaluluwa't pagkatao,
huwag na huwag mag-aalinlangan,
huwag mag-uurong-sulong,
huwag mangangamba,
ikaw ma'y edad otsenta y kuwatro
o edad nobenta y uno.

Hindi dahilan ang katandaan.

蘇瑞姥姥

蘇瑞姥姥（TANDANG SORA）乃菲律賓人對美珠瑞・亞謹諾（MELCHORA AQUINO）的暱稱，她八十四歲時，在她小小的雜貨店裡，曾庇護、照應過許多愛國志士，後來，被西班牙人發現，將她逮捕，送審，並遣配關島；六年後，重返馬尼拉，她去世時，一百零七歲。

八十四歲　應該是
　受人尊敬的年齡
　被人呵護的年齡
過馬路有人前往攙扶
在公共場合　有人自動讓座
可是　也有人
　下令　將我放逐
　太平洋　馬瑞納斯島

或許　他們以為我會像
拿破侖　被禁錮于
地中海　聖・海倫娜島
　　　　　　鬱鬱以終
那時　他　五十一歲
而我卻能六年後重返
祖國菲律賓
那時　我　九十一歲
九十一歲的年齡　加上

流亡愛國的美名　理應受到一些
禮遇和報償　但我仍舊住在
巴林達瓦寂寂的村落
過著貧窮堪憐的生活……我告訴你
這些 不是向你訴苦
「我從不後悔，如果我有
九條命　也心甘情願奉獻給
我至愛的國家」這是放逐令頒佈後
我對西班牙將領布蘭珂說的話
我告訴你這些　是要你知道
如果有一種事件
發生　令你突然意識到生命的
意義與活力　突然感受到
光與熱與愛　令你相信
這是你必須做　應該做
想要做的事——譬如說
忠貞的革命鬥士們來到
我的小店，我替他們敷點藥
包紮一下傷口　我給他們
一些食物和安慰　我為他們祈禱
譬如說：他們將我逮捕
送往畢立比監獄　承受一連八天
嚴厲的軍事審訊　而我仍不說出
永不說出英勇孩子們的
藏匿所在　譬如說：他們遣配我
出境　　在人地生疏的異域
生活了兩千多個孤寂的的日子……
我告訴你這些　也不是對你
炫耀　而是要你知道

在生命中　如果你有那麼一個
時刻　你突然面對
發揮人性尊嚴與勇氣的機會
你突然發現一種狂濤
閃電的力量　一種邁向自我
靈魂的完整與理想　你千萬
千萬不要猶豫　不要退縮
畏懼　不論
你是八十四歲或是九十一歲的
高齡
高齡不是藉口

國家圖書館出版品預行編目

禮物：謝馨詩集 / 謝馨著. -- 一版. -- 臺北市：秀威資訊科技, 2010. 06
面； 公分. --（語言文學類；PG0327 菲律賓・華文風；5）
BOD版
ISBN 978-986-221-451-0（平裝）

868.651 99006303

語言文學類 PG0327

菲律賓・華文風⑤

禮 物
——謝馨詩集

作　　者 / 謝　馨
主　　編 / 楊宗翰
發 行 人 / 宋政坤
執行編輯 / 胡珮蘭
圖文排版 / 鄭維心
封面設計 / 陳佩蓉
數位轉譯 / 徐真玉　沈裕閔
圖書銷售 / 林怡君
法律顧問 / 毛國樑　律師
出版印製 / 秀威資訊科技股份有限公司
台北市內湖區瑞光路583巷25號1樓
電話：02-2657-9211　傳真：02-2657-9106
E-mail：service@showwe.com.tw
經 銷 商 / 紅螞蟻圖書有限公司
台北市內湖區舊宗路二段121巷28、32號4樓
電話：02-2795-3656　傳真：02-2795-4100
http://www.e-redant.com

2010 年 6 月　BOD 一版
定價： 310 元

讀　者　回　函　卡

感謝您購買本書，為提升服務品質，煩請填寫以下問卷，收到您的寶貴意見後，我們會仔細收藏記錄並回贈紀念品，謝謝！

1.您購買的書名：____________________________

2.您從何得知本書的消息？

□網路書店　□部落格　□資料庫搜尋　□書訊　□電子報　□書店
□平面媒體　□ 朋友推薦　□網站推薦　□其他__________

3.您對本書的評價：(請填代號　1.非常滿意 2.滿意 3.尚可 4.再改進)

封面設計____　版面編排____　內容____　文/譯筆____　價格____

4.讀完書後您覺得：

□很有收獲　□有收獲　□收獲不多　□沒收獲

5.您會推薦本書給朋友嗎？

□會　□不會，為什麼？____________________________________

6.其他寶貴的意見：____

____

____

____

讀者基本資料

姓名：____________________　年齡：_____　性別：□女 □男

聯絡電話：________________　E-mail：____________________

地址：____

學歷：□高中(含)以下　□高中　□專科學校　□大學
　　　□研究所(含)以上 □其他______________

職業：□製造業 □金融業 □資訊業 □軍警 □傳播業 □自由業
　　　□服務業 □公務員 □教職　□學生 □其他__________

請貼
郵票

To：114

台北市內湖區瑞光路 583 巷 25 號 1 樓

秀威資訊科技股份有限公司　　收

寄件人姓名：

寄件人地址：□□□

(請沿線對摺寄回,謝謝!)

秀威與 BOD

BOD（Books On Demand）是數位出版的大趨勢，秀威資訊率先運用 POD 數位印刷設備來生產書籍，並提供作者全程數位出版服務，致使書籍產銷零庫存，知識傳承不絕版，目前已開闢以下書系：

一、BOD 學術著作—專業論述的閱讀延伸
二、BOD 個人著作—分享生命的心路歷程
三、BOD 旅遊著作—個人深度旅遊文學創作
四、BOD 大陸學者—大陸專業學者學術出版
五、POD 獨家經銷—數位產製的代發行書籍